希菲洛®

其她

2020（第二卷）

王　阳 主编

長江出版傳媒 | 长江文艺出版社

十　年

十年，这个时间跨度，不算漫长。但对于人生而言，它至少是十分之一、九分之一、八分之一，也可能是七分之一。

除去最初懵懵懂懂的十年、寒窗苦读的十几年，减去垂垂老矣的一个或者两个十年，能真正可以由我们把控、用来奋斗或成就的基本上不会超过三个十年。

而这三个十年中，起决定作用的往往会是第一个十年。

十年前，希菲洛开始起步。

从未来城到书香门第再到武汉电脑城，从最初的50平方米到现在的1000平方米，一年一级台阶。

这十年的时光，我们很辛苦，但是很充实。在形象设计这个行业，我们获得一定的区域性优势，但我们并没有就此止步。

或许有这样的人生：因为一本书籍所引发的感悟，让我们通透、澄明，进而看清未来的方向。

或许有这样的缘分：一群人或一首诗，让我们看到，有一种形象来自内心，它的充实、丰满由内而外，就像所有的发光体。

550书店的诞生，或许正是来自这样的机缘。我们希望它是一个气场的一部分，我们希望我们所说的“形象”这个词，从外在的修饰指向我们的内心。

第一个十年即将成为过去，下一个十年，我们相信会更加美好。

她·创客

她·传奇

她·世界

她·写真

她·年华

他·行走

他·随笔

他·写意

第一次跑马拉松42.195千米，我的成绩是5个小时50分钟。

我如今所做的这些，与我的马拉松经历密切相关。

马拉松是长距离的奔跑，奔跑中有风景，有机缘，有坚守，有忍耐，有历经痛苦后的喜悦……

办企业也是一场马拉松，人生也是一场马拉松。

所以，“550”这个数字对我而言尤其珍贵，以它为名就是与它相守，就是记住那些时刻。

那是开始的地方，那是再出发的地方……

——王　阳

敬平凡而又珍贵的自己

□ 王 阳

“阳门女将”

我与一个叫红叶的妹子第一次见面，是在今年春天。

离沙龙开始的时间还早，红叶和妹妹提前到了。我客套了几句，之后便再无特别的联络。

有一天下午，红叶发来一条消息：王阳老师，我对您的“阳门女将”感兴趣，可以做您的阳门女将吗？

我极简地回复了三个字：来来来。

我大概发了一长串关于加入“阳门女将”的福利广告后，马上就收到了红叶的转款！

真是一秒钟都没耽误！

我们的对话简直是太“撒狗粮”。

我：这么相信我？

红叶：一见钟情啊！

我：娶我吧，我还单身呢！

红叶：您还记得我们见面的时候吗？去您那办了一场塔罗沙龙，还带了妹妹。您送了我咖啡券，很大方。愿意送我回家，您是很有大爱，愿意奉献自己的天使，我感受到了您的芬芳。王阳老师超美！

我：那我娶你吧！

每个粗犷的女汉子的内心都住着温柔。

那是一种慈悲。

没有人不感念慈悲，就像没有人会拒绝温柔。

慈悲，是因为懂得。

我有预感，与这个不太熟悉的女孩儿，会发生很多动情的故事。

果然，不出两周，我顺理成章地把我人生的N多“第一次”给了她。

第一次约见阳门弟子没有谈生意，谈的是生活、生命。

第一次和一个女人在自己家的550书店里，喝着红酒，嗑着瓜子，发呆了三个钟头。你懂的，我从来没这么闲过。

在红叶小妹子120分钟的监督下，我也画了人生的第一幅彩铅。虽然画看起来十分壮烈。

哈哈，不知道未来还会有怎样的火花，也是蛮期待的。

不记得在哪篇文章看到这样一句，我觉得送给红叶姑娘非常合适：

愿每个热爱生活的你，温柔有趣，不必太激烈；三餐四季，不必太匆忙！

“让中国女性的美影响世界”

我是杨丰宇老师的骨灰级粉丝。

看到他在长沙博览读书会分享，我立马放下了手上的工作赶来。

我最早做的希菲洛形象设计的公司，slogan是：专业为形象，专注为美丽！大家听听看，太直白，应该也不能更“土”了。

有次把杨丰宇老师请到我们公司喝茶。他说，你这slogan感觉不对啊，应该改为“让中国女性的美影响世界”。

何为中国女性的美？为梦想奋斗之美，为使命担当之美。

这slogan一改，我们的人生和企业就开挂了。格局大了，目光坚定了，思维模式变了，做事更踏实了。

三年的时间，我们帮助许许多多女性实现了创业，实现了在“新美学时代”深耕的梦想。

所以我相信今天杨丰宇老师的智慧和磁场，一定会给大家带来不一样的理解和力量！

活在这珍贵的人间

我是一个13岁孩子的母亲。

我也是一个狂热的体育爱好者，是一位马拉松运动员。

2015年我跑了19次马拉松。除了自己爱跑，我也带着一帮人跑，于是成立了武汉第一支女子跑团。三个月后我又成立了一家体育公司。这家体育公司在团队运营了16个月后，非常幸运地被上市公司收购。

我呢，同时也是一个文字爱好者，典型的双鱼座。没事儿就喜欢在深夜一个人的街头，喝得八分醉的时候，在朋友圈码码文字晒晒心情。

有天喝高了，不小心吹了个牛，说：“一定要在40岁前出本书。”

在37岁的这年终于“美梦成真”。这本书就是《其她》。

除了以上这些，刚才我也说到，我还有一家帮助提升女性外在形象与内在魅力的教育培训公司——希菲洛形象设计。这家公司在武汉也将近有十个年头了。

在不断的折腾中，我渐渐发现：文理学科横跨，突破行业壁垒，是激发创造力的源泉，从而才能达到1+1+1＞3的效果。

我们通过女子跑团、通过体育行业等等大量的活动积累，产生的精准客户又非常“悄无声息”地倒流到了我们的教育培训。

任何领域、任何专业、任何知识，都有其局限性。

只有打破边界，实现互通及融合，才能最大限度地实现优势互补，实现双赢。

当然，我活了38年，我自个儿认为职业生涯最牛的事儿，还是用21天开了一家书店，同时让这个书店有了200多个老板。21天开一家书店意味着什么？意味着超强的执行力，意味着年轻人的果敢和坚定。

我想问问大家，你觉得你要是开一家书店，你会面临什么问题？

有人说要找到一个合适的位置很难；

有人说要找到一个书店店长和团队很难；

有人说要找到一些好的书很难；

有人说书店的定位很难；

有人说开书店根本赚不到钱，无法生存，我根本就没想过要开家书店。

可能你问100个人，100个人有100个对开书店的理解和想法。

庄子说：天地有大美而不言。

苏轼也说道：江山风月，本无常主，闲者便是主人。

决定来做今天这个演讲时，我也在问自己，为何要开一家书店，为何要读书？

我理解的读书和开书店，不只是在阅尽人间万象，更是在给自己的容颜和生命化妆。

什么是阅尽人间冷暖万象？

你的公司初创时要找客户，找团队，找资源；

你的公司发展中期得培养骨干，为了公司的发展求生存，你得具备学习财务、营销、人事等等的能力；

等你好不容易过了三年的初创期，你要解决投资人与股东的平衡问题，你得面对更大的陌生领域和管理机制。

但是，我们也在跌跌撞撞中，一面把公益跑团的项目坚持了四年，一面做着我们传统的实体店面希菲洛形象设计培训，还把书店做得有声有色。

我和我的小伙伴每天乐此不疲、身体力行地穿梭于书店的方寸之间。

王阳近照

我们终于在操盘运营这家书店一年后，为它找到了真正适合它气质的slogan：活在这珍贵的人间！

尘世烟火里，快意会起灭，步履却不停，而等待让一切在相遇之前，就有了相遇的意义。

松花酿酒，春水煎茶。

而能活着，好好地活着，已然，便是人间最欢喜的事情……

前段时间到长沙，仍有很多朋友问我该如何开一家盈利的书店。我劝他们别开了！你算一下自己的账：人员工资、房租水电、各种开销，您如果没个百十来万的现金就别开了。

而另一面，我却在朋友圈晒着开书店遇见的各种温暖的人、各种有趣的事、各种有料的沙龙、各种含金量极高的课程！

我记得我们刚刚做550书店时，我还特意去广州的1200书店学习。当时，我问1200书店创始人刘二喜：全国人民都知道书店不赚钱，你为什么还要开一个书店？二喜直接反问我：你怎么知道书店不赚钱？

我现在还在为我当时这个傻得冒泡的问题，懊悔不已！

因为只有真正把书店开起来，做起来，我才明白当初是我自己对财富和创业的理解不够。

财富在我们眼里到底是什么？

我们要用怎样的价值观来评判“财富”？

坐睡船自流，云深一蓑小。

与一段文字在淅沥雨声里相遇；

读一本好书打动心底最柔软的角落而泪湿双眼；

翻阅一本好书静守着晨曦的到来；

捧起一本好书在寂静的夜晚独处，与自己对话……

这些应该统统都是人生难得的财富吧。

我不知道未来这家叫550艺术书店的跨界书店会怎样，也许会死掉，也许会活着。

不断去探索明天的未知并带着更多人发掘明天的美好，这不正是生命、生活的意义吗？

「遇见」

世界那么大 能遇见 不容易

谁知道 下一秒 会不会 再也不见

If there is no owed, how will meet

王阳近照

我相信，你曾读过的每一本书都绝非无用，它会穿过你的血肉，融入你的骨髓，塑造你的气质，改变你的容颜，浸染你的品质，提升你的修养，丰富你的德行。

人生没有白走的路，每一步都算数。

人生也没有白读的书，每一本都算数。

熬过人生中最黑暗的时刻

对我来说，开书店、用“书店+”的模式做跨界，除了是一种商业模式的尝试和创新，更重要的，是一个让自己去变得更加强大的过程。

创业是什么？

我认为创业是对自己的生命的一种朝圣。

朝圣，是个宗教词。只不过我想说的朝圣不再是一种对外在神物的膜拜，而是在创业过程中，对自己人生价值的一种特殊的致敬！

创业过程中的朝圣，每一次匍匐之后都会再次前行；每一次双手合一，是对路上收获和感悟小心翼翼的呵护；每一次双膝跪下，都是对不可逆的生命的敬畏。

创业的路上，会有很多常人无法感同身受的东西。

这也正是我们能成为创业中的佼佼者、成为企业家的原因。

我们创业9年，我们也打拼9年，我们在最巅峰时估值过亿，我们也在跌落时一无所有……种种过往，都没有妨碍我们团队一如既往地成长，去找到生命和创业最本源的东西。

我们深知：我们在创业中努力的过程和经验，始终会帮助更多女性成长，成为她们创业的教科书。

曾经的干渴，让我们对每一滴净水有不一样的体味；受过短暂的黑暗，我们会抚摸寸寸阳光；因跌倒过，我们会在丁点搀扶的力量里看到生活的亮光。

我们穿过的岁月不再只是时间，而是故事；留在身后的不再只是千米数，而是见证；汗水、泪水和淋的雨水不再是水，而是一条河流。河流就是我们前进着的道路，道路通往我们想要去的地方。

无论是草根还是精英，无论远居乡野还是身处闹市，我们带着自己对创业的理解和坚持，我们带着独有的禀赋尽情绽放。

无论书店能做多大多小，书店能走多远多久，都是属于自己的骄傲。

风物长宜放眼量

在信息化、全球化时代，不同专业与不同领域之间的相关性、密切度正越来越高，单一的专业、单一的领域、单一的知识，已经很难解决发展中的问题。“跨界”，已成为社会发展的必然趋势与不可阻挡的历史潮流。

《淮南子•精神训》曰：“天地运而相通，万物总而为一。”

我们做形象设计培训，提升更多女性气质；我们折腾书店，培养更多人的阅读习惯；我们开各种文化艺术沙龙，打造小众圈子；我们办马拉松，让体育运动成为我们的生活方式。

人生存在世，总是会向某个方向前进，这个方向也许指向了某个人，也许指向了某件物，但一个人的行动更多的是为了别人，而不是为了自己。也许是为了追寻某种意义，也许是为了遇见某个人。一个人愈忘我——为了所爱之人、所爱之物燃烧自己——才愈加是一个真正的人！

2018年对于我们这样的创业者来说，无疑是很残酷的一年。但更加严峻的2019年即将，不，已经到来。

跨界方能无界，艺术便是生活！

让我们以不畏浮云遮望眼的智慧洞察世事，以风物长宜放眼量的姿态谋划未来！

愿光阴不扰，山水静候。愿我们与世界交手的大半辈子，光彩依旧，兴致盎然！愿我们的明天更美！

惊艳时刻

人生总有那么一些惊艳时刻。这样的时刻往往充满仪式感，譬如成人礼、婚礼，譬如在特定的时刻，相互簇拥或者独自站在聚光灯下。

2018年6月底，在微信朋友圈，一张照片在刷屏：

纽约时代广场街头，秋风送爽，熙熙攘攘，这里是世界物欲与经济的中心地带，是潮涌的中心。而这里最为人瞩目的纳斯达克大屏，是梦想家、创业者希望留下烙印的荣耀之地，而今天，屏幕的主角是几位靓丽的东方丽人——香港希菲洛商学院教育集团创始人王阳女士携高管团队霸屏美国纽约时代广场的纳斯达克大屏。

这惊艳的一刻，我把它看作是一次小小的嘉奖。

所有的努力都有着被认可的期盼，在人群中，用心做人，用心做事，念念不忘，必有回响。但这一切，仅仅只是一个开始。

这张照片的下端有这样一行文字："让中国女性的美影响世界。"

"中国女性的美"，这是我们着力打造的关键词。每个人对于"美"这个字都会有自己的理解，"美"各有特点，而且，随着时代的变迁，"美"这个字的内涵也在不断变化，但"中国女性的美"仍一直保持着其独特性，从容、豁达、善良、恭逊、坚韧，仅有这些词或许还不够，还应该包含深刻的感性、敢爱敢恨的果敢、推己及人的风范，以及被文化与时间浸润出的芳韵与风华，以及从这块土地上生长出来的“弱之胜强，柔之胜刚”的底蕴……

这样的美本身就是惊艳的。

我们要做的，首先是发现这样的美，而这样的美，蕴藏在每一位中国女性的身上。

荣耀时刻，从自我认知的自我发现开始。

创业缘起

创业，有人出于名利追逐，有人出于实现以及检验自我，有人盲目跟风。潮水来去无慈悲，各有沉浮。

28岁恢复单身，独自抚养一个不到3岁的孩子，兼职7份工作30个月；

人到中年，创立希菲洛形象设计，公司规模从20平方米到70平方米，从300平方米到1300平方米；从个体到公司化运营；

从一家公司到现在八家企业；

从一个品牌到现在的27个品牌；

运营了8家公司、17个品牌，将专业形象设计培训与8个不同的行业领域进行跨界创业，并且做得有声有色。

在一片顺遂的背后是什么？是熬。

创业就是熬。选择方向，打造团队，找投资，于瓶颈中探路，种种磨砺不胜枚举。期盼、奔忙、坚持，经岁月淬炼，成就他人看到的得偿所愿，热切的期盼最后都得以实现，其中心酸困苦却是一言难尽。

创业是很艰难，但是我一直在求变，从形象设计到服装高级定制，再到书店，最后到体育产业，在不断尝试跨界，不让自己的思维固化，突破传统的行业模式寻求升级，才能不被这个时代淘汰。所以很多人都戏称我为“跨界阳公子”。

这家书店为什么叫550?

一长串名字写在纸上。

“她们”“她时代”“她空间”“其她”“谷子里的春天”……

最终我还是选择了“550”。

不知从什么时候开始，大家就喜欢以数字命名。

武汉有403艺术中心、5号车间，广州有1200书店……

这是直接将“数”作为名字。

其实还有一些“数”是我们不太留意的，但方家们留意。

方家们取名，你看不到数字，但数仍隐含其间。

在他们看来，是否“和于术数”，是一个名字好坏的关键。

我说不清其中的道理，这些道理也很难被我们懂得。

但“数”与人生一定是有联系的。

比方说：“550”，这个数字就与我有着某种特殊的联系。

第一次跑马拉松42.195千米，我的成绩是5个小时50分钟。

我如今所做的这些，与我的马拉松经历密切相关。

马拉松是长距离的奔跑，奔跑中有风景，有机缘，有坚守，有忍耐，有历经痛苦后的喜悦……

办企业也是一场马拉松，人生也是一场马拉松。

所以，“550”这个数字对我而言尤其珍贵，以它为名就是与它相守，就是记住那些时刻。

那是开始的地方，那是再出发的地方……

我所理解的时尚

1

从小住在洪山区，长在洪山区，我的大学、我的公司都在洪山区。

但其实我与武昌区是有感情的。武昌的江滩、武昌的户部巷、武昌的昙华林都成了我们这些八〇后儿时不可磨灭的记忆。

我人生的第一份工作是在武昌司门口的一家商场当营业员：卖女款皮包。

那时，没有时尚的概念。如果非要说时尚是什么，我想我当年应该认为：时尚就是能吃饱穿暖。

认识余丹老师，知道他在武昌挂职，我也受他影响，将其中两家公司放在了武昌，也算是为武昌尽我绵薄之力。

四五天前的一个深夜，意外发现余丹老师还在线——我认识他这么多年，他都是22:00以前休息的。得知他在为Passionow的项目完善细节，我除了深深的佩服之外，不得不感叹，创业者也是很不容易的，“连睡觉都觉得是在浪费时间”。不好意思，这句话不是我说的，是雷军同学说的。

2

我们时常会感到某种不安，我们被一股强大的洪流所裹挟，所推动。

从我们这些年的创业看来，未来，我们面临的其实是更为复杂严峻的时代。

因为你会发现：现在的消费者再不是以往的消费者了，他们有自己的认知和思维。

我女儿，今年12岁。两个事情让我发现，我不能再以年龄为标准来跟这个“12岁的小女生”交流。

第一件事情：

我和女儿去逛百货公司，我为她挑选了一条裙子，零售价是人民币299元，

王阳近照

在我准备去买单时，我女儿让我稍等两分钟。

她首先很认真地拍下了这条裙子，然后上传到淘宝，不到10秒钟，发现同款裙子有10个淘宝店在售卖，比百货公司便宜了200多块。我当时惊呆了，这一点，我肯定没有教过她。

第二件事情：

我去父母家吃饭。期间，父母因为一件很小的事儿发生了争执。父母吵吵闹闹一辈子，我也见怪不怪了。

我女儿拿着自己的手机指向我父亲：

您如果对您旁边这位女士（我母亲）辱骂或动手：第一，我已经用抖音向全球直播了。您的“恶劣”行为全球华人、海外侨胞都在看着。第二，《婚姻法》的法律条款说了，您如果动手，外婆是可以告您的！谢谢！您如果没有听明白，我再为您讲一次！

大家能理解我当时的心情吗？

瞬间觉得这个12岁的小女生已经赶超了我当年20岁的情商和智商了。

所以，大家看看，这些“95后”“00后”的变化是不是也在告诉我们，我们的消费者与十年前的消费者相比是有极大的变化的？

那像我们这样的企业和创业者是真的没有机会了吗？

不是。我想送大家一句话：盛世中不膨胀，乱象里不盲从。

身为创业者，我想分享一下我个人的感受：

⑴ 我们创始人一定要明白未来的商业模式，一定不是一枝独秀，也不是所谓的传统行业都需要快速转型；

⑵ 要花时间培育更多的行业老二、老三，让市场更强，让消费观念有迭代；

⑶ 我们要打造更加温暖的消费场景，让我们消费者自动自发地去选择有品质的课程、有品质的衬衣、有品质的生活方式。

当然，你还得有情怀有方法，“熬”过炎热的夏天后再“熬”过寒冷的冬季。最后你还要耐心等待，并且尊重这个事实。

然后你就会发现，世界以一种奇妙的方式呈现出它的美好。

3

时尚是我们很多人所追求的。但对时尚的追求，有时候却会使人“误入歧途”。

很多人因时尚而成就自我，也有许多人因对时尚刻意的追求而迷失自己。

认知自我从来都是最重要的，因为每个个体都是独一无二的。

正是个体的这种独特性决定了我们每个人能够被时尚成就的路径和方式各有不同。

时尚在这个变动的世界里到底是什么？

我认为，时尚就是做更好的自己。

所谓成长，并不来自所谓的位高权重，不来自所谓的财富积累，也不来自你掌握的某一个单项技能。

我们的父母没有告诉我们：做更好的自己，但“什么是更好”？人所谓的“更好”，是长得像道轩老师这么“高”？还是像余丹老师的头那么“亮闪闪”的？还是胖的矮的？还是有智慧的调皮的……

这么多年的经验告诉我们，绝境当中，我们真正拥有的核心武器和企业竞争力，不是资源，而是认知。认知的不足，往往是成长中最大的瓶颈。

我们现在主营形象设计培训。以前只是把一个个学员培训出来了，推荐就业了，也就行了。最后发现光有技术是远远达不到市场需求的。

今年开始我们在产品研发、在课堂体系上做了巨大的变革。我们开设的女性形象设计培训课程，不仅有专业的化妆造型、形象设计、服装搭配、时尚美学的基础知识，更有应用技能，诸如企业管理、团队建设、股权投资、新媒体、社群营销等等。

我们不再像过往一样把学员当成传统意义的学员，而是把每个人当企业经营者和未来的女企业家去培养。

你对自己、对事业、对时尚也是一样：认知正在决定你的未来，对品味层级的认知决定了你未来的方向。

4

最后想跟大家分享一句话：

趁现在，不算晚。

创业多年，我们会发现：最难的不是如何抵达，而是如何出发。

跟大家分享两个案例：

第一个案例是我自己的个人兴趣爱好：跑马拉松。

我和余丹老师一样，爱跑马拉松。我曾经在2015年跑了19个马拉松。

我30岁出头决定创业，我们最早做希菲洛形象设计培训时，在客户资源开发方面是偏弱的。苦于突破的那个阶段，我们开始跑马拉松，我个人和团队都不知道我的这个个人爱好，能够给我带来什么。但我们就是坚持了。

开始跑步的第三天我们就成立了一个跑团，不到150天我们办了一家体育公司，办了体育公司后我们紧紧围绕我们自己的女性客户群体，做了很多小而美的马拉松赛事。16个月后被上市公司收购。

至今收购的价钱，我没有告诉我妈，我怕她的小心脏受不了。因为这个价格她一辈子几乎没有见过。

第二个案例是我公司的一个事儿。

前不久我们做了一个沙龙，从决定要办到招募到100位来宾只用了不到四天。

但这其中发生一个小变化：因为请的一位老师实在是太大咖了！当晚，我们决定把沙龙升级为峰会规格。

同时把这个叫“无界·有形”的品牌注册了商标，也于近期启动了“无界·有形——2018新时代人才管理战略峰会”华中大区的筹备工作。

所以，你看：只要你有所行动，你的执行力够快，你就已经干掉了90%的人了。

每个人的梦想都大有不同，有的人的梦想是一屋两人三餐四季，有的人的梦想却是心怀猛虎，星辰大海。但不管心里的梦想是什么，有梦想的人，总会发光。

王阳近照

敬平凡而又珍贵的自己

1

但愿我与你
是一支唱不完的歌

“安全回到武汉，我娶你可好？”

收到这条微信时，我正苦于我那想了几天的案子的破解方法。

窗外，天阴下来。

这个时候的广东沿海应该正在受台风“山竹”的肆虐。

我的心揪了一下。

回复：“别说得吓人好吧！台风就几个小时，你死不了。”

脑海里出现当年“汶川地震”时，自己杵在那偌大的云南大山上的情景。

也许时间是有节点的，在某个节点上，一段时光死了，由另一段时光接着。人的生命也是如此，在某天之后，你“死”了，新的自己替你活下去。那时，你会怎样和过去告别？

“山竹”走后，我的工作依然还是那么忙碌。当然也没有让那小伙儿来娶我。

记不清谁说过：生命来来往往，我们以为很牢靠的事情，在无常中可能一瞬间就永远消逝了；有些心愿一旦错过，可能就万劫不复，永不再来。

什么才是真正的拥有？一念既起，拼尽心力当下完成，那一刻，才算是真正实在的拥有。

但愿，我和你，是一首永远唱不完的歌！

2

迷人的秋天

用平静找到救赎

我默数了一下，从21：00到凌晨一点，我换了13种坐姿与投资人聊脑海里存放着的创意理念和我认为的创业平台的价值。

为此，我还特意自拍了一下自己没化妆且长发齐腰的样子。

用武汉话来讲：很怂。

以至于安全到家了，我还在用力地怼我的投资人："连杯星巴克都不请我喝，吃的还是路边摊，真是小气。"

与投资人的关系，没有那么严谨也没有那么"装"得不成人样。呵呵！真好！

爬楼。

书店的股东群里面，大家还在发瑶姐录节目的照片。

而550书店的露天阳台上，16位股东搭起了帐篷，弹起了心爱的小吉他，唱着歌谣。帐篷音乐节，欢乐极了！

死丫头，这么晚怎么还不睡……

我笑而不语。

把被子抱出卧室径直到客厅的沙发睡了。

阳台的窗户没关，秋风爽爽地吹进来……

有些事情很好，却没有千年不变的永远；有些人很好，却不是自己生命的全部。

依序而至的夜色，写到这里，便觉得其实老天给予我的是如此多的曼妙！如此多的珍重！如此多的精心安排！

透过秋日清风，回望如烟来路！

这个秋天，因为时时都被安排得满满当当而显得格外格外长……

人生是守恒的，如果你坚信，它会以另一种方式还回来。

我们终究要食人间烟火，狂热地爱着一个人和一份事业。

我们终究要低下我们高贵冷艳的姿态与这个世界握手言和！

3

我也奋力前行

也安慰平凡可贵

武汉电脑城的七楼，我把550书店开在了这里，当然围绕书店的还有形象设计培训。

为了表现出“我是一个特立独行的领导”，我自个儿特意把我的办公室，坐北朝南开了一个门，从而使我和团队之间保持“一碗汤”的距离。

阳台的窗户开了个小缝，有些热风吹进来。

关了窗，空调开起。

像我这样上了年纪的人，中午不打个盹，都拼不过那些“90后”的小年轻儿的智商了。

刷微信，爬楼看到大V在大约6点的样子，发来我的新书《其她》的扉页的照片。

扉页和内容一样精致，是川上大叔花了不少心思的设计。

大V说：花了一整夜读了你的故事和这本书……也思考了如果我是你，我在当时的处境下会如何抉择……

我回复：人都回不到从前的。但初心在哪里，光明就应该会在哪里吧……

凝重、深邃、空旷……晌午的时光应该跟中年一样，是生命曲线上的一个极点。

每位像我这样近40的女人，都可能在过去的10年间，感受到不称心、不舒适，仍然会在无数个深夜滋养出密集的恐慌和焦虑！有了孩子之后似乎勉强还会让自己交杂着些许的沸腾和期待！

也正是这种感受，才让我在今年的创业跑上懂得自己更需要什么。

生命是个过程，死亡只是必然的结果，但每个人的轨迹有自己的色彩和温度，既然不可避免，那么就更应该无所畏惧。

大V到了老家，发来888的红包：预订你人生后面的10本书！你有旺盛的精

王阳近照

力，坚强果敢，应该可以出50本。

我苦笑。

我只希望有生之年，能认认真真出一本书。

这本书能高度浓缩我们过往的智慧和经验，不因时代的变迁、文化的隔阂而失色。

它超越时空，在人类群星闪耀的文化天穹中，绽放着永恒……

一瞬间，说得我又要开一家书店了。

悠扬归梦惟灯见，濩落生涯独酒知……

被冷落，被质疑，被追捧，被信任……创业8年，喜欢赋予事业更多的生命和意义。

深耕和专注，女性成长的力量和耀眼光芒，是经历过时间考验后的历久弥新。

愿平凡的美在时光中缓缓盛开，

愿努力的一生被岁月宠爱！

经年之美，无用之用

一件压箱底的老嫁衣
一沓故纸堆里的旧照片
一个被变卖的老木匣

在流行飞速更迭的日子里
抛弃一件无用的器物
跟遗忘一个年少的梦想绝不相同

在550艺术书店
物件有没有用不在它本身
而在懂得珍惜的心
因为热爱“无用”而赋予它新的价值
也在创作“无用”的过程中
找到人们内心深处最渴望的经年永恒

1

阳光正好，书店的几个股东，在阳台上晒着太阳。我忽然想起我那在东莞住了五年有余的老娘。每每在家，我就喜欢拿个小板凳，在家里不大的阳台上读一本好书。

而我妈呢，就蹲在阳台角落的水池旁洗着衣服。脏衣服好像永远洗不完，哗哗的水声在小小的屋子里回荡。

呼呼的寒风灌进屋子里，我似乎能嗅到自来水刺鼻的腥味。我和妈妈的话很少，一般情况就是她忙她的，我忙我的。

那些家里永远都做不完的家务成了我不想成为女人的唯一感触……但正因如此，我选择了我现在的职业。

外在的形象是你整体留给人的印象，是活的，是流动的，有色，有型，有品质、内涵，有韵致、味道，有温度，有情怀……

如果现在所从事的形象设计培训教会了无数的女性提高她们自身的魅力，我想我最感谢的那个人，就是我的母亲……

整个午后，我在这间可以将书店400平方米阳台尽收眼底的办公室里，埋头回复着近期累积下来的邮件。

没灵感了。

下楼。觅食。

2

川流不息的广埠屯人群里，我总会不自主地回头看，想去捕捉一些事物和不期而至的景色。平常得不能再平常的广埠屯街景里，我细细斟酌匆匆人群里的每个转身、每个简单笑脸，也看到那些匆匆的背影。

有些人在你面前，你很难说声谢谢。然而他离开之后，你却有千言万语想说

書 550 店
那曾经错过的
竟是真正的少年芳华
550书店
550照相馆

给自己听，或者也希望，有一天他能看到。有这么一种人，进入你的生命时并不让你欢天喜地，却能在离开你之后，让你一直想念，万语千言!

我把这种活生生的典型双鱼的个性，彻彻底底地写进了我的新书《其她》…… 2月14日《其她》面市以来，虽未在当当、京东网上销售，也有近3000册的销量。除了知足，我也开始为下一本书的出版收集素材了。

我发现我对书、对文字一如当初爱上形象设计般痴迷。

打电话给如意让她给我带点吃的，被告知还堵在回书店的路上。

如意一年前被我“委任”为550书店店长的职务，想来这一年她可真是累坏了。做书店，做一名合格的书店店长，这些其实是她不擅长的。

逢书店整体搬迁，由六楼搬到七楼，除了书店的日常股东接待、书籍管理、新员工的培训、每月各种绩效考评，有时还要组织策划一些与女性相关的特色活动……对于这个和我一样的双鱼座女生，我很是心疼。

想想身边这些女孩子们，哪一个不是在创业时，凭着一股子忘掉自己的性别、豁出去的劲儿，努力在一个陌生的城市打拼？

女人不一定要八面玲珑，但是必要的时候也要能独当一面。

像如意这样的自信、独立、善良才是女人魅力的源泉。

而我，在开书店这一年，则是长沙、武汉、北京、潜江来回折腾。折腾我投注无限热情的“书店+形象设计”的跨界中。哪怕每日往返于武汉、潜江两地，我也甘之如饴……

这种日子持续了很久很久。

人有没有下辈子我不知道，但活着，无非就是经历和历经。我们可能收获一些，丢掉一些，但过程里却被各色的感受填充。过程足够丰盈、丰盛，也是足够了吧。

生命中的每一天，都是年轻的一天！诗，到底有多么绚丽和精彩？未来，到底有多么丰富和绵长？我想只能靠我们每个人自己去回答。

世界辽阔，人生漫长，该相遇的，到哪都会相遇……

发现生命的100种可能

1

成长的姿势

值得用心摸索

我们都看到了，这个时代会逼着我们日新月异地成长，我们有时候是被推动，有时候也是自发地奋力追赶。

没有人告诉我们，企业家、女性企业家要如何做得更好？这个所谓的“好”是什么模样？

每个阶段每个人，对企业家的定义是不一样的，包括我们自己创业也一样。

在我们的成长路途中，有过太多的体验和蜕变，我们常常想：一个人的成长，到底需要哪些必经路径？是不是会和我一样？如果有些坎儿必须过，有些坑可以避开，那我可以帮到他们什么？

我们目之所及的很多朋友、很多员工，有些还站在第一个台阶，但有的已经走到了第五个台阶上。我不敢说我正迈在第十个台阶，但我内心很愿意陪大家一起迭代成长。

我们可能没有精力，去教在第一个台阶的你怎么迈开步子，但我们一定愿意帮助第五个台阶的人去快速奔跑。

因为他们成长了，就可以用他们成长的经历、他们的心法和路径，去帮助更多人成长，其实这个比我们捐几百万的意义要大得多。

2

如果你的自我解放与我的自我解放息息相关，那就让我们一起工作吧。

我曾有很长一段时间热衷于做公益，希望贡献自己的一份力量给这个社会，能多少帮助到一批人。特别是在2014年的时候，我们频繁出去做了很多公益。不管是用掉的时间，还是捐出的钱款、物资都不在少数，但我发现诚心诚意捐出去的东西也好，拨出去的款项也好，最后都是捐就捐了，没有几个人，能够通过这实际的捐助，而得到非常显著的改变和进阶。

后来我们又见证了很多“举措失当”以及“过剩”的慈善行为所带来的不良后果。我知道了：做公益这事儿，也是需要学习的！绝不仅仅是一味地捐款捐物。很多乍看起来颇为真诚与美好的事物背后，也有一些阴暗、不诚实的因素。

这个阶段我领悟了：要帮助别人，也需要找寻更好的方式。

事实上，在公司、家庭以及各种各样的社会关系里，我们都需要鼓励与支持他人找到自己的力量，自力更生，建立健康的互助关系。

我在书上看到一句印第安语是这样说的：“如果你是来帮助我，你就是在浪费时间；不过，如果你的自我解放与我的自我解放息息相关，那就让我们一起工作吧。”

我们做企业看到了很多很多人，尤其是25岁到35岁的女性，这十年特别重要。

这十年，一方面是价值观再次提升再次飞跃的十年，一方面也是格局观再次打开的十年。如果她们能把这十年用好了，或者说，在这十年里有一群人，有一个平台来帮助你快速成长，那你各方位的提升和变化，都会是肉眼可见的。

而当一个人成长了，她的家庭一定会随之更加幸福和融洽。当一个家庭更幸福、融洽，我们这个社会一定会因为这一点一点的变化，而变得非常美好和不同。

在我们看来，每个人都是一个小小的能量体。

我曾把舒婕、如意、肖依、顾漫、杨欣拉着，开玩笑说：我们要改变这个世界！

其实每个人都或多或少在改变着世界，这事儿真不是玩笑。

创业初期，我特别讨厌别人说：企业家要有责任感，要有社会使命感。

我为什么讨厌这句话？

因为在那个时间段，我们可能还处在刚刚起步的个人成长路上，我们看不到其他所谓更广阔的世界，这些大的格局观好像离我个人还太遥远。

后来我们自己做生意，开始创业，我们成为一群女性商人代表。

当我们这个以女性为创始团队，以女性为载体的公司，有了自己的收入并且达到一定量级，有了一些自个儿自由的时间并可以做自己想做的事情时，我们开始真正意义上地思考如何去帮助更多和我们同样经历的女性，让她们有自己的收入，有自己自由可支配的时间精力。

这一切过后，我们发现，它沉淀下来的真东西就叫“使命和责任”。它们存在于内心里，驱使着我们发自本能地要去帮助每个人成长。

但是，所谓的帮助每个人成长，这听起来是个太大的课题。

怎么帮助呢？

我们需要一个着力点去延展我们的能量。

它一定不是我天天告诉你：你来学化妆吧，你来学服装搭配吧！因为形象价值百万……

这其中固然有成长与变化，但也只能算作一个小小的单元。

这么多年的经验告诉我：成长，非常需要一个平台和一个媒介。所以我们除了把我们自己的最初的形象设计培训保留下来之外，也尝试做了一家书店。用“书店+”跨界的形象开创了很多先河。

我们甚至通过社会招募了150个股东。

我们对这150个股东是有要求的，比如你必须一个月有12个小时的指纹打卡，这12个小时，你可以在这儿看书。即使不看书，你也可以坐在窗边晒晒太阳，拥抱一段完全独处的时光。

在我们看来，社会节奏很快，太多人没有时间让自己静下来休息一下。

独处对我来说，是非常重要的一件事，它给我们创造了一个小小的空间，和自己待着，问问自己的心现在是安定的吗？回看一下自己的来路，展望一下眼前的灯塔，这一切都仰赖于和自己独处的对话。

550
藝術書
ARTBOOKSTO

有时候我们会坐在书店里想事情，偶尔也会看着每天来书店的朋友出神。这之中有意气风发的小伙子，有优雅的气质姑娘，还有学生气十足的弟弟妹妹，也少不了一些淡然自若的白发老者。他们每次出现，都精气神儿十足，带着各个年龄段独有的朝气和热情。

我们没有见到谁穿着睡衣来书店，也没有人邋遢地出现，他们都收拾得整齐得当。他们精致的样子，总是会被我们的摄影师无意捕捉下来。

我知道，是因为他们对书的尊重，也因为对这样一个美好环境的亲切致意。

人家说跑步和读书是不可以辜负的。看书这事儿，和吃饭喝汤的性质不一样，它的营养不会一下子被吸收，不会一下子就显现什么惊人的改变，它一定要经过日积月累的沉淀，才有了些许的不同，但这个不同的意义就太大了。

当你读书越多，书中的能量就会慢慢发酵。当时间的进度条延展到更远，一个女人也被赋予了不一样的神采，有了独属于她自己的味道。

我们说一个女人很有气质、很漂亮，也许是因为她外在的形象、她的打扮，还有一部分一定是她内在的能量所散发出来的浑然天成的气质。这种气质是专属于自己的，既不会像我王阳，也不会和任何一个人趋同。

3

世间你我的成长
总是息息相关

从深圳回来，团队合计着，想办一场分享会。专属于女性的分享会。我说那就干呗！

我们一致认为，这个时代，打拼不再是男人的专属。女性细腻、专注、认真、坚持、勤奋的特征为她们走向成功提供了条件。过去,女性更多是在幕后默默无闻地付出，她们牺牲自己，成就了他人。而移动互联网时代她们从幕后走到台前，以一种全新的姿态出现在大众的视野中，用行动践行这个时代的变革。

4

回首向来萧瑟处

归去，也无风雨也无晴

广埠屯。

凌晨。

小伙伴们都下班了，六楼办公室的风呼呼作响。

而我就想一个人待着。

出差的日子是忙碌的，不出差的日子也是习惯折腾到深夜。各类报表数据，各类会议课程。在我看来，做企业，就是做细节。尤其是像我们这种创业初期的小公司。

有人说，创业是孤独的。

我深表认同。

投资人、团队、合作伙伴、客户、学员……你得去处理各种棘手的问题，你得平衡各种人际关系，即便这些统统都是你不喜欢且不擅长的。你需要看数据，承担后果，忍受各种打击。你需要在面对客户离开、团队辞职、对手打压时，还要清醒决断，默默扛下做每一项决策后的压力。更糟糕的是：由于你是创始人，无数个心力交瘁的清晨你还得装作若无其事地上班，开早会，你根本不敢向任何人表达这些恐惧和委屈。

但，又怎样？这不就是青春吗？这不就是只有创业者才懂的“享受”吗？

感动、震撼、成长、自我肯定……在这个从小到大生活了37年的洪山区，好在没有被任何人（含我亲爹亲妈在内）、任何语言扭转自己坚定的方向。创业七年，依然傲人地保持这种清新蓬勃的心态，熬粥似的“熬”过了这些年。

没有月光，气温也比10多天回来之前降了不少。珞瑜路上的树叶一片片由绿转黄，随风旋转。一如当初的邂逅，一如一直用心感受的那活生生的呼吸。

心结，被搁置在一边……

伴着2017年的匆忙走远，日子就这么流逝了。绝不含糊绝不突兀，从不粉饰也不去深思熟虑……浮华已不在。

重要的东西、重要的人和那些过往的悲伤苦痛，留下痕迹的或是没有留下痕迹的，都已经不重要了。人，每年长一岁每经过一处，视野和阅历是不是就会扩大一点？就像我们每个人在人生路上的行走，即使曲折也不会停下前行的脚步。

哪怕是安慰自己。女人，无论身处何时何地还是要坚信：下个路口会有人在等待着你，会朝你伸出一双大而宽阔的手。然后，并肩前行！

深夜，就想用文字记录一下。流年光影里一缕暖如阳光的心悸。待年老时，说给懂的人听。

5

愿你有力气，有血性

有满脑子的痴心妄想，有满肚子的传奇故事

茶已凉。一个人。

窗外，还有等车的情侣。静止中，有回忆悄然掠过，想起某个人、某件事儿。斑驳的剪影，交叠着，支离……有碎碎念，有撕裂痛，有开怀笑，有断肠悔，有早已发黄的……海誓山盟！

前不久，很意外的一件事打破了我平静的生活。负气的我不知所措，想来，当时肯定是傻到冒泡了吧！

记得当晚还倔强地独自在凌晨的车里，哭了三个钟头。

有多少人曾跟我一样年轻过，抑或正在经历着年轻？那也应该在青春的无数个往昔里，不断地质疑过生死，质疑过离别，质疑过这个非常残酷的现实吧？即便天亮醒来，仍然要做痛并快乐的选择。即便那颗早已千疮百孔、不再年轻的心，仍然固执地不肯老去……

人生苦旅。

幸好对生活还有满腔的热度，幸好还有尚未封存的梦想！女人是不是就应该去享受这种老天赐予的悲伤及悲伤的过往经历？有时它们不一定会成为自己的枷锁，反而会被打磨成一把钥匙，启动了对简单平凡生活的深层思索，引领自己进入了一种幸福的生活状态……

待时光柔软，容颜苍老，这一路的美好会在记忆的心底，开放出枝繁叶茂的美丽的花朵儿……

6

人生充满偶然

而我们则需要用一种必然的心态去面对

起身。翻阅了一本《四书五经》。

550
藝術書店
ARTBOOKSTORE

上了年纪，果然爱看些关于经典的书籍。

儒家曾经以“立德、立功、立言”的“三不朽”作为人生终极价值观，激励了无数志士仁人为之奋斗。孔颖达解说：“立德，谓创制垂法，博施济众；立功，谓拯厄除难，功济于时；立言，谓言得其要，理足可传。”今天看来，孔颖达的解说确立了古代名垂青史的价值标准。

想起一年前的现在，同样是冬天的凌晨，我们决定开一间书店。我们可能并没有把儒家思想作为“指导方针”，就是单纯地决定做点名堂出来。产生这个想法到落地并装修完成不到30天。这家书店是拿我2015年3月19日去跑的人生的第一场马拉松的成绩命名的——“550艺术书店”。在我们眼里，这是一家独特的、适合我们定位的华中第一家、武汉第一家女性书店。书是川上老师精心挑选的。我负责了后续的经营方向的把控。

550艺术书店第一期招募计划启动不到72小时，我们接受了150位小微股东的申请。速度之快，支持的人之多，真是我们没有想到的。

一年来，我们谈论着60多岁依然年轻的赵雅芝，我们谈论着神往的旅游胜地加拿大，我们谈论着思维模式超前的“90后”，我们谈论着不再年轻的岁月……

一年来，这150个股东，如家人般陪伴和见证了我们玩跨界、玩书店的全部过程和成长进步。

7

阅人即阅己
时光深处是静谧

他们会在闲暇时来书店选一处静谧的角落，享受书籍与午后阳光的摩挲；他们会在忙碌时为沙龙活动献出自己的一份力，不喊辛苦不喊累；他们会在每个节日为书店的伙伴送上自己的绵绵心意……他们都是最可爱的人。

当然他们大多跟我一样平凡而又简单。他们让我们看到人间烟火里的如清风般的小幸福。

每一位股东其实就是一件乐器，一件不同品质、不同特性的乐器。在一起的这一年的时光，就似华丽的圆舞曲：一边演奏着生活里最琐碎的锅碗瓢盆，一边拨弹着对未来美好期许的琴弦。

嗯，喜欢和这样的人儿“泡”在一起的感觉。不再是“风乍起，吹皱一池春水”的年龄，自己也说不清什么时候误入了“浑然不觉”之境。身边潺潺的流年，会时时让自己的心灵有种被清洗过的感受！

重新冲泡了一杯茶，细腻入喉！

时间分分秒秒地过去。这样的独处时光，会比白日多了份斑驳陆离。走向霜华露冷的夜，缜密的心思更不易觉察……

后半生，我美妙的后半生，该会由多少人、多少故事温馨串织？那些一纵即逝、潮润眼眸的感念，那些永远不会淡忘的笑容，都会在心中，渐渐累积与沉淀。

后半生，我期许的后半生，我们想和你成为自己的魔法师，任岁月侵蚀，心境变迁，仍会在这家温暖的550艺术书店里，获取几多的浪漫与情怀。

人生充满偶然，而我们则需要用一种必然的心态去面对。

平凡之路

我曾经跨过山和大海

也穿过人山人海

书店来了个小实习生。很腼腆，做起事儿来却让人感觉很踏实。也不止一个人向我说起这孩子的特别之处。

王阳近照

小鲜肉型那种。

我随大伙儿一样，叫他辉哥。

晚间，忙完一堆事，瞅了一眼小家伙儿正忙，随口问了一句：辉哥，你哪一年的？

小伙儿特实诚的一张脸：老板，我98年的！都过了21了！

我问了他三次：你真是98年的啊？

我怕我自己数学不好，还特意拿计算器算了一次，果然是21！

98年，我刚满17。

那时偶尔利用假期，在父亲的单位打点小零工。

钱赚得不多且非常辛苦，却在那年人生发生了重大的转折。

对于像我们这个年纪的人来说，1998年除了那首《相约98》，应该还有那一年的那场大洪水吧……当然，每个像我这样即将满40的“80后”，心还是有些“不甘”。

那些我们生活过的地方，也已不复存在；那些我们拼命搜寻的回忆，也许有些模糊；但当时那份对生活的期待和深情，却是如此刻骨。

凌晨一点，我依然在公司的台灯下码字。

深夜赋予人一种独有的清醒，在这种清醒中，所有不安的情绪不经意地释放出来，蔓延，吞噬白昼的理智！

人往往在这个时候也会有一种莫名的无助和低落感！

杨欣发现我还没睡，干脆要去了我最新的个人资料，说打算在深圳大学安排一场关于我“创业十年”的演讲，还热心肠地把演讲提纲梳理了一下。

于是我就又激动了一番，再次喝了杯咖啡……并毫无悬念做起了演讲用的PPT！

所有成功的人，你所看到的光鲜，应该都是无数狰狞的现实与纠结的夜晚组成的吧！

生活就是一种永恒的沉重的努力，谁没有要死要活的曾经……

某天夕阳落下，垂垂老矣，大脑的内存越来越小，记忆力大不如以前，头发花白，倦坐在窗前，回忆起年轻时的容貌以及深幽的神采。我应该忘了自己是怎么失去明亮与活力的，只剩下睡意沉沉……

当然，兴许也会看到今天的文字，咧嘴傻笑地跟我的孙子们唠唠嗑！

“这个世界上遇到性，遇到爱是太容易的事情，难得的是遇到了解。”

猫姐的留言，让我在今晚单曲循环着李宗盛的《晚婚》。

我想我们终究会遇到那个懂得的他……

愿善良的人儿遇人有淑，爱无余量……

创业十年

十年之后

听着熟悉的歌

看着陌生的景

老赵打来电话时，我正在给新晋的城市总监“开小灶”。

果断地掐了来电。

以老赵“事不隔夜”的性格，果然，片刻后微信上收到了若干鬼脸：恭喜阳公子，您运营的女性创业项目获得了“中国最具创新影响力奖”。您看请我到巴黎还是瑞士吃点东西？请在今日24:00前务必回复我！

我过了很久才回复他：我下月可是没时间去领奖的。

老赵悠悠地发来几行字：业界都知道我赵某人好酒好色，我总不能冒充您阳公子的家属去领奖吧！

我喝了两口的水差点没喷出来。

这个不到40岁的小年轻人儿，从重庆一路“杀”到中关村，每每人们谈及他A轮拿到的过亿融资时，他都会红着脸庞说道：不好意思不好意思，运气而已。

典型的理工男。

每次到中关村，创业大街十字路口的大屏上都会轮播着全国选送来的优秀创业代表。

老赵有时也会带我过去转转。他总会意味深长地教导我：“中关村也好纳斯达克也罢，我们做企业一定要思考自己肩负的使命。”

有些挫折是避不开的，有些过程是省不得的，有些捷径是走不通的。

老赵说：创业10年，我们也打拼了10年。我们在最巅峰时估值过亿，我们也在

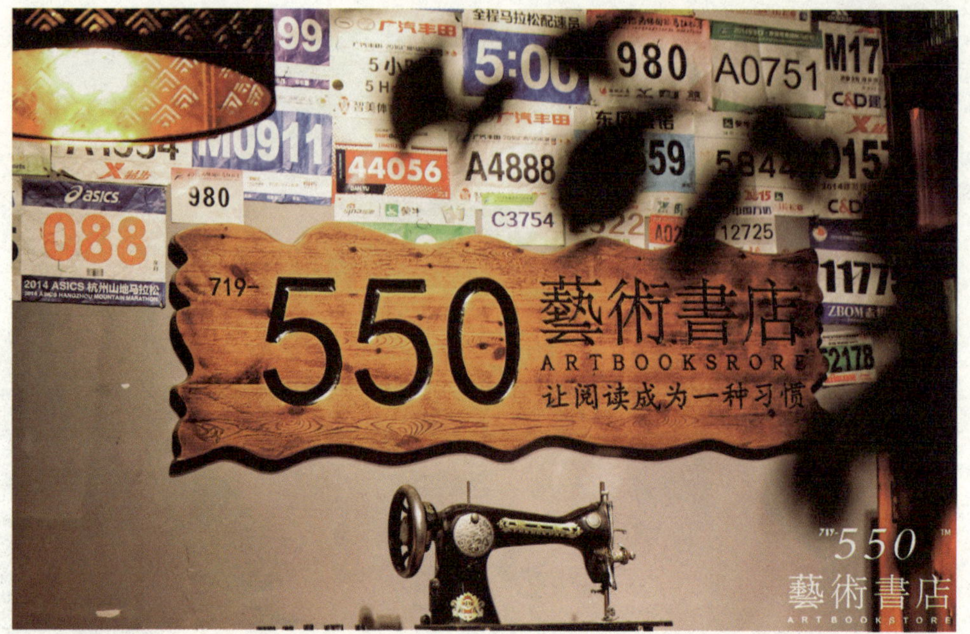

跌落时一无所有……但这都没有妨碍我们创始团队一如既往的成长，我们得去找到生命和创业最本源的内核。

时代的快慢，存在于我们每个人的心中。

慢的力量，快的张扬。我们致敬时代，致敬时代背后的每一位铸造者。缺少他们中的任何一个，都无法创造出我们引以为傲的当下。

十年创业，我和老赵这样一批创业者都明白：通往成功最快的路，往往不是弯道超车；脚踏实地地过好了每一天、每一年，我们才能过好这一生。

你，会用什么，致敬这个时代？

流金岁月

只愿这颗跳动不停的心

永远慈爱

好让这世间冰冷的胸膛
如盛开的暖阳

春天结束，夏天来到时，我都有种莫名的幸福感——终于不用像去年一样，整年待在外地。

上海、北京、遵义、延安、沈阳、南宁、东莞、深圳、长春、吉林、香港……我的足迹跨越了祖国大江南北。

武汉人把我这种属相为鸡的女人称为“鸡哈命”，意思是折腾的命。我想想，倒是很配的。

忙着各种沙龙、读书会、深夜食堂、研讨会、峰会……

当然，感觉今年在书店养的那些花花草草，也花掉了我不少时间。

有人说，如果想要读懂一座城市，一定要到它的书店，去看一看印刻在书店里的人心和灵魂。

江湖上，事隔多年，还有川上老师和我用21天时间开了一家书店的传说。

去年开始，公司小伙伴们把我的个人介绍从“550艺术书店联合创始人”改成了“550艺术书店操盘手”。我更喜欢后者。

当初是为了开书店而开书店，现在是承载着责任和历史使命在开书店。

某种意义上，书店是一个城市的文化符号，也是城市的精神气质。

如果高楼林立是一个城市的硬件，那么零星散布的书店就应该是一个城市的软件。规模不一的书店散落在城市的不同角落，见证一个城市的发展轨迹，也留存着城市不同时期的味道。

行走在天地间，我们终将是过客。

怀着敬畏心去做好产品，做好事业，做个好人。

静待时间检阅！

550札记

□ 严肖依

人一生会长大三次
第一次是在发现自己不是世界中心的时候
第二次是在发现即使再怎么努力
终究还是有些事令人无能为力的时候
第三次是在明知道有些事可能会无能为力
但还是会尽力争取的时候

一

昨晚杰伦发行了2019年的第一支单曲《说好不哭》，我第一时间购买——下载，单曲循环，转发朋友圈配文“他是青春”。

即使过了这么多年，即使他结婚生小孩，即使他的磁带和专辑都放在我家抽屉再没打开过，但只要他需要，支持他的人都会第一时间在。

他的音乐总能让你想起青春记忆中有缘无分的那个人。你们非常非常地相爱，但最后却没有走到一起，那时的眼泪是真的，开心也是真的，想要过一辈子也是真的。

遗憾归遗憾，但好在值得。所有出现在你生命中陪你走一段路的人，都是来度你的。以前会执着于一定要有个结果，现在会觉得拥有过就好。

所谓成长就是对一个又一个曾经的执念释怀？慢慢安抚自己内心的小孩，和过去的自己和解？被时间打磨得越来越包容，越来越豁达？……

二

我常常觉得这个阶段挺尴尬的，身边的人都叫你“90后”，承不了上启不了下的年纪，时常会面临骨感的现实和内心真实的自己打架的状况。感情也好，生

左起：王　阳　杨　欣　严肖依

活也罢，身边各种各样的声音太多，有人要你屈服，有人要你为自己而活……做自己，其实也是探索自己的过程，只是过程漫漫，你要坚定。

人总要花很大力气才能踢开那些糟糕的，要碰壁很多年才知道哪条路是对的，要筋疲力尽之后才学会从容豁达。生活千姿百态，每个人要过的坎都不尽相同。

幸运的人，用童年治愈一生；不幸的人，用一生治愈童年。但好在，每个人都尚有“治愈”的机会。看清生活的真相，依然热爱生活，保有一些真心，知世故但不世俗，已然是很好的状态了。无论如何，都期望能为自己活出一个更好的后半生。

三

一转眼书店已开了将近三年，我们也即将在9月29日举办第二场书店四期股东的签约仪式了。第一场反响非常好，也是我们超级用心的一次布置，花是自己扎的，酒是自己买的，气球是自己打的，桌椅是自己摆的，海报是自己设计的……于是乎，第二场我们决定玩点更好玩的，在书店天台做啤酒音乐节！玩闹即是工作，工作即是生活，生活即是修行。

当初我们决定做书店时，是遭到很多人反对的。很多人都说开书店不赚钱，你们形象设计培训做得好好的干吗要去做一个不盈利的项目呢？只有我们自己心里明白，我们喜欢书，但不仅仅是书；我们想做书店，也不仅仅只是书店。爱好或许可以复刻，但生命不能。人生短短几十载，总要有那么一次随性随心的尝试吧！

于是，在我们几个合伙人的鼓捣下，书店正式开始动工了。最初由于资金不足，刷油漆贴瓷砖我们都亲自上阵，每天各大旧货市场回收旧家具，也不断有股东过来帮忙，捐点家具捐点书……磕磕碰碰折腾了23天，书店正式开始试营业了。出乎意料的，大家觉得很温暖，很喜欢550。

一直到现在，我们不仅仅只想让550书店成为一个简单的容身之所，更期待它能营造出一种生活态度、一种静下来的安然自若，足以安放都市里喧嚣的灵魂。

550书店也没有辜负我们的期望，不仅渐渐成为武汉的文化地标，承办了数千场大大小小的沙龙活动、签售会、读书会等，和我们背后的女性成长商学院也结合得很好，它的多元化也成就了希菲洛女性创业平台的诞生和发展！

四

昨天被一则“离2019年结束还有100天”的话题刷屏，仿佛一语惊醒梦中人一般让大家开始重新审视这一年的所做所得与所失。

年纪大了，不得不感叹这一年一年的时间实在过得太快。

还记得两年前第一次代表公司去光谷创业咖啡进行项目路演。那时没讲过项目，对创业尚且没有很深刻的理解，PPT也是前一天做到凌晨四五点完成的，都不知自己当时哪来的勇气可以气定神闲地面对台下坐的一大排投资人。

这两年，经历了团队更新迭代，经历了公司战略调整，有人走有人留，有看好的也有不看好的，但只有我自己知道，我得到了什么。也越发能理解老大说的一句话：创业就是让你学会享受孤独和痛苦的过程，痛并快乐着。

严肖依　近照

这个感觉很像你一个人孤独地走在一条漆黑的路上，偶尔你能碰到一个同路的，他有灯，照亮你的同时还能跟你并肩同行，但你也不知道你们会在哪个路口分开。和人生何其相似，最终能不离不弃陪在你身边的只有你自己。

在人生的每个阶段都会遇到不同的难和坎，旁人只能把绳子丢给你，最终要走出来还得靠自己。只有相信，才能看见。机会毕竟只留给那些有准备且一直不断在准备的人。

得意处论地谈天，俱是水底捞月；拂意时吞冰啮雪，才为火内栽莲。

五

最近一直在做精简，无效的圈子也好，无效的工作也好，无效的社交也罢，筛选和沉淀，也是每个阶段应该复盘和审视自己的过程。有些当下没办法抉择的时刻，时间会给出最真实的答案。

这一点无论是个人还是企业都应是如此，集中精力追求高度，比匍匐在一个低层次追求接触面的广度，有效果且有效率得多。

严肖依

所以我们今年在保持核心竞争力不变的情况下，尝试着选择了更好的产品和更优质的圈层，重要的业务板块单独成立项目来孵化，其他无关紧要的业务都一一砍掉。不真心的合作也不强求，毕竟流量再多，转化还是靠人与人之间的深度链接，难能可贵的是能遇到与你同频且愿意付出的一帮人。

我想团队之所以是团队，不仅是利益捆绑，不仅是志同道合，不仅是目标一致，更多的是肝胆相照的情义。之所以觉得责任重大，是因为身后有一群死心塌地跟着你的人，她们会倒逼着你成长，这也是创业的意义。也是因为这份情谊，单调的创业生命才有了色彩！

一个人走得快，一群人走得远。团队IP的打造，组织体系的建立，才是漫漫创业路上的里程碑！

六

自媒体都在谈中年女演员的职场困扰：演技越来越好，能拍的戏却越来越少；为了流量，不得已隐藏自己的私生活；为了降低生育对事业的影响，即使生了也火速复出；哺乳期对身材要求不高，会受到媒体冷嘲热讽的报道……这些对于职业女性的歧视和偏见一直存在着，只是在演艺圈被关注和放大了。

随着年龄渐长，女性这一身份似乎成为我们会被“特殊对待”的理由。作为一家全体女性合伙人的公司，我们也经常会被问道：你们这么忙，怎么能平衡事业和家庭啊？单身的会被问：你有时间恋爱吗？这会影响嫁人吧？结婚的会被问：你这么拼事业，老公能接受吗？甚至遇到过投资人很直接地要求我们，必须要有一个男性合伙人。

这个社会对“好女人”的要求，远比“好男人”要苛刻得多。做培训这么多年，女性和男性的学员比例是9：1，为知识付费买单的大部分是30+的女性，与其说女性独立意识觉醒，不如说她们更焦虑，更有危机感，更迫切想实现自我价值，更想努力跟上社会发展的节奏。

即使到了职场顶端，女性也逃不了“如何平衡事业与家庭”这个终极拷问。但这其实是个伪命题，因为事业和家庭本就无须平衡，这两者是互补的关系。无论选择偏重事业或家庭，我们都需要让自己更加独立和强大。可以为爱牺牲，但那必须是我们自主自愿的选择。

女人大多是感性的，无论生意也好，事业也好，工作也罢，开心或者值得与否是很重要的考量因素。所以女性创业更需要圈层的力量，需要氛围的带动，需要平台的个人IP打造和优质资源共享，抱团发展才是长久之道。

这几年看了太多创业项目，也见了很多创业者和团队，有追逐红利的，有投机取巧的，有精于算计的，有不计代价的，有人云亦云的，也有死磕到底的。我想，最终能让我们同频的，是初心。都是创业女性，深知女性创业的不易，同样也在为帮助千千万万女性实现自己的梦想而努力，因为我们就是平凡的人，有着大大的梦想，这一路的坑我们都踩过，更希望用经验和力量帮助更多人。

心有阳光，便无惧岁月荒凉。

七

上周二，9月29日晚，我们折腾着办了第二场书店四期合伙人签约仪式。活动结束后，还原完所有的场地，收拾完所有的卫生，送走了所有的客人，我和王大大、杨欣总三人依然坐下来复盘了很久。

550书店快三岁了，和三年前相比，除了容貌，我们的生活状态和想法理念都有了很大的变化。我们有相似的地方，也有互补的时候；我们有过无数次分歧，但最终总能达成一致；我们会在各自脆弱的时刻互相鼓励，支持对方每个决定；我们会在公司艰难的时期，凭借一点点契机便慢慢升级迭代我们的运营模式，不断地探讨，不断地摸索，不断地精进……

要说缘分，除了亲人、爱人、朋友，合伙人也是缘分的一种，要有肝胆相照的义气，也要有毫不怀疑的信任。只要我们不放弃，那这一路上的痛苦、煎熬、希望、绝望、坚持和信仰，就都有意义。

八

前几天上班路上看到一对老人，老爷爷戴着帅气的鸭舌帽，老奶奶戴着精致的珍珠项链，两人紧紧牵着手慢悠悠走着。这是一种爱情的模样，令人欣慰。

还有一对老人，经常在地铁里表演，老爷爷拉手风琴的时候，老奶奶会轻轻抓着他的衣袖，静静在一旁陪伴着。最近却只有老奶奶一人，每天依然坚持在老地方演奏着，孤单却坚定。这也是一种爱情的模样，令人心疼。

这世上最可贵的是，岁月把什么都淘干净了、揉碎了之后，留下的真心，和你拥有什么无关，只因为你是你。

九

昨天抽空“二刷”了奥斯卡最佳影片《百万美元宝贝》，泪目的同时深深触动。这部励志拳击运动片最励志的地方在于，它不讲胜利，它讲的是如何失败，如何面对失败。电影拍得非常克制，平静却深入人心，种种情感累积到最后悄无声息地爆发。

你愿意选择毕生的平庸还是霎时的灿烂？你愿意挣扎着生存还是有尊严地

死去？

我们一生都在努力成功，但还是有可能一辈子都无法成功，也很有可能成功之后再次失败。我们要如何面对始终无法抵达高处的痛苦，甚至是从高处重重摔下来的痛苦？

生活总有种种无奈，你不得不承认，不论你怎样努力，有些目标始终会因为各种因素而无法实现。但是，你此生努力达到的巅峰，将是你死前灵光一现时最美的回忆。永远做出让自己到老的时候不会后悔的选择，其他的事就交给天意吧。

十

知乎上很多人问：要怎样努力，才能成为很厉害的人？

如果你注定要成为厉害的人，那问题的答案就深藏在你的血脉里；如果你注定不是厉害的人，那你便只需要做好你自己。

最近常常会觉得信念的力量是多么重要，很多看似不可能的事情，都是由很多看似疯狂得不可理喻的人去做到的。没有别的原因，这类人不外乎都有死磕到底的精神和信念。

550书店的名字由来是王大大第一个马拉松的成绩，我想，她当时也一定觉得创业和马拉松何其相似。即使做书店不赚钱，我们要坚持创造书店背后的价值；即使做书店很多人反对，我们要探寻和找到书店背后的盈利模式。

这十年一路走来着实走了很多弯路，试了很多错，踩了很多坑。商学院依然是核心，知识付费赋能体系我们要做得更专业；流量池依然要打造，但不再做泛流量，未来只想和同频的人深度链接做存量；女性创业平台依然是孵化器，会孵化出更多优质的创业者和创业项目。

风雨十年，未来可期！

550书店活动照

550书店潜江沱口小学赠书仪式

一个人有非凡的激情，有极端的幻想，喜欢夸张、暗示，喜欢新奇与怪诞，喜欢莫名其妙、模棱两可，还喜欢沉醉于自我的偏执里。这个人如果还写文字，就必定是一个诗人。即便他写的不是分行文字，他也是一个诗人。

——阿　毛

因为风，在镜中

□阿　毛

记忆的形式

一直以来，记忆，和想象一样，是一切艺术最重要的源泉和组成部分。人类一直过着有记忆的生活，就如同我们一直过着有想象的生活一样。

这是不容置疑的。没有记忆的生活是不存在的。记忆一直以我们所见或未见的形式活着。像鲜花开在空气和阳光下，开在爱人的花瓶中，也开在看不见的尘埃里。我们拥有记忆，就如同我们拥有生命。

记忆是我们的生命中最温柔的抒情部分。它的载体往往非常艺术。比如文字、音乐、绘画，还有影像。我要谈的，不是别的，是电影，是阿伦·雷奈的电影，他的两部经典影片——《广岛之恋》和《去年在马伦巴》。

巧的是，它们谈的都是记忆。阿伦·雷奈用几近完美的形式触摸着记忆中最疯狂、最暧昧的部分。其实那种记忆中的“最疯狂、最暧昧”我并不惊讶，我惊讶的是那种记载记忆的形式。它太美了，我没法不惊讶。因为阿伦·雷奈处心积虑：“我是一个过分的形式主义者，在影片中所关心的就是影片本身。”他还说过，“形式就是风格”。阿伦·雷奈并非言过其实，他真的就是这样一位导演。

在《广岛之恋》（1959年法国、日本联合出品。编剧：玛格丽特·杜拉斯，主演：艾曼妞·丽娃、冈田英次）中，阿伦·雷奈用时空交错的现代派手法，消解剧情片和纪录片、拍摄和剪辑、画面和声音的界限，把一个关于记忆和遗忘的故事讲得寓意深远，不同凡响。它的开头现在看起来，依然令人震惊：一边是爱，是欢娱，是温柔的手指下细腻的皮肤，是欢娱的身体上像雨珠般密集又神魂颠倒的汗水；一边是战争，是触目惊心的惨状，是广岛原子弹十万度高温过后的黑烟、残肢和枯竭的河流。女人的手抚着男人的皮肤，“在广岛，我什么都看见了。看见了弯曲的钢丝、被烧焦的石子、烤焦的皮肤、烤煳的头发……”男人的手抚着女人的皮肤，“在广岛，你什么都没有看见”。一边是记忆，一边是遗忘。在长达十五分钟的片段中，男女主人公做爱的场面和原子弹受害者纪录片的对剪、交替放映，有意无意中暗合了爱情与战争、记忆与遗忘相互较量的主题。杜拉斯那种梦呓的、独断的、模糊的，却具有画面感的文学语言正适合讲这样一个有关记忆和遗忘的故事——法国女演员1957年到日本广岛拍摄一部宣传和平的影片，回国前与邂逅的日本男子相爱。男子的出现令女演员不断回忆起她在战时的法国小城纳韦尔与一位德国占领军的爱情。纳韦尔解放时，她生命中至爱的人却被打死了。她也因为这段不名誉的爱被囚禁在地窖里，直到她从爱人的死里清醒过来。她去了巴黎，当演员，结婚，生子。纳韦尔的爱情隐藏不见了，不再有第二个人知道，连她的丈夫都不知道。可是日本男人的出现，广岛博物馆中原子弹爆炸的物证，又把纳韦尔的爱与痛一起带回了她的记忆中。她无法摆脱，尽管她不断地叫着，我要忘记你了，看我怎么把你忘记。可是新的爱，还是被她当成了纳韦尔的爱，直到男主人公的一记耳光才帮助她回到现实中。她知道遗忘的重要，也做了遗忘的努力。在电影的结尾处，她成功了，和男主人公一样成功地忘记了可怕的记忆。最后，我们的耳边响起的两声呼唤“广岛、纳韦尔”，不再是有关战争的可怕记忆，而是爱情的名字。

《广岛之恋》被看作是经典的爱情战争片的原因，一直不是因为它的故事，而是因为它那种把爱情与战争、日本与法国、现在与过去、声音与画面相互交错的艺术魅力。

《去年在马伦巴》（1961年法国、意大利联合出品。编剧：阿兰·罗伯·格利叶，主演：德尔菲娜·塞里格、吉奥吉欧·艾伯塔基。荣获第26届威尼斯电影节最佳影片金狮奖）几乎没有什么情节。有的尽是巴克洛风格的建筑、装饰、一声不响的地毯、男人女人僵硬的姿势、一副沮丧的扑克牌、几首漫不经心的曲子和几面不声不响却什么都看得见的镜子，还有美丽的湖面，和立在湖边的不知名的雕像。这部电影从头到尾没有任何感人的情节，一点儿活力都没有。最震耳的只能算是射击厅里的枪声和女主人不恰当的突然大笑。可正是这样一些僵硬的东西在阿伦·雷奈的镜头下变得华丽繁复、凝重典雅，每一个细微处都变成了暗示与不动声色的抒情。在这不断的暗示与不动声色的抒情中，一个故事，在一个可能的外遇中随着男主人公的记忆浮起只言片语。男人不停地对女人说：去年在马伦巴，她穿的什么衣服，表情是什么样的，手势又是什么样的……女人不停地否认。“那不可能……”女人又说，“去年，还是今年，这不是记忆的问题。”“是这个，又不是这个。”两个人就这样在答非所问中似是而非，一会儿肯定，一会儿又猜测、否定。他们的交谈没有中心，又时刻围绕中心——去年在马伦巴。可是，去年在马伦巴到底怎么了？其实不过是女人答应男人一年后跟他走。就是这样的一句承诺。女人似乎忘记了，否认了。男人的记忆是：有些东西不是可以轻易否定的。所以他拿出了去年在马伦巴为女人拍的照片。女人的记忆是：有些东西不是可以轻易记起来的。所以她把由那一张变出的一摞照片在抽屉里摆成了猜谜的游戏。在这部影片中，记忆这个东西不停地被唤起，不停地被否定。主人公不厌烦，导演也不厌烦。

可是，后来，在走廊的这一头到那一头，从这一扇门到那一扇门之间，从房间的阳台到湖边的雕像，在每一个拐弯处，男人不断地碰到女人，不断地碰到去年的记忆。最后，女人所有有关去年在马伦巴的记忆似乎被男人唤醒了，或者说她终于有勇气承认了。她终于和他一起走了，是在她的丈夫的眼皮底下走的。她

摄影：川 上

的丈夫像以前一样沉默，像以前一样打牌从不输。

《去年在马伦巴》是这样的一部电影：那些仅仅对故事着迷的观众不会喜欢它。但是那些注重电影拍摄手法和画面的观众一定会为它惊叹。编剧阿兰·罗伯·格利叶极尽一个法国新浪潮小说家的表现手法，用尽了诗歌中的修辞、暗示、排比……如此让他的主人公前言不搭后语，却又如此令人着迷。阿伦·雷奈所做的就是极尽一个法国新浪潮导演的最先锋的拍摄手法，让他的主人公刻板地照着台词做。他们不停地重复一样华丽的场景、一样暧昧的台词、一样变幻莫测的游戏、一样漂亮的服饰……编剧不停地重复台词，导演不停地重复画面。一个是莫名其妙的跳跃与啰唆，一个是不厌其烦的华丽与刻板。两种重复却形成了惊人的先锋。法国新浪潮的老将艾力克·罗麦尔称“雷奈是一个在任何时期都能找到的先锋”。其实，阿兰·罗伯·格利叶又何尝不是？！

真奢侈啊！那么豪华的酒店、那么华丽的装饰、那么漂亮的湖面、那么宽阔的马路、那么寓意深刻的雕像。仿佛没有别的人、别的情侣。仅只有一对外遇的人！甚至没有人，有的仅是一份去年在马伦巴的记忆。阿伦·雷奈就是这么奢华地为一对外遇的人保存了一份暧昧的记忆。那记忆的形式是如此繁复、冗长，还华丽得令人窒息。

记忆一直就是阿伦·雷奈的电影母题。记忆也一直是艺术家的艺术源泉。作家、画家、音乐家……他们的文学作品、他们的美术作品、他们的音乐作品……无一不成为他们贮存记忆的形式。

这些贮存记忆的形式都是艺术的，都很隆重，所以难以被忘记。

摄影：川　上

写字的看电影

一个人有非凡的激情，有极端的幻想，喜欢夸张、暗示，喜欢新奇与怪诞，喜欢莫名其妙、模棱两可，还喜欢沉醉于自我的偏执里。这个人如果还写文字，就必定是一个诗人。即便他写的不是分行文字，他也是一个诗人。

没有诗人不看电影。不看电影的诗人，也许不是一个富于激情的诗人。不看费里尼的电影的诗人，也许不是一个很有魅力的诗人。虽然，费里尼是不写分行文字的作家，他写的是剧本，拍的是电影，但是他的电影，就像有画面、有声音和音乐的诗。富有非凡的激情、极端的幻想，夸张、怪诞，复杂、单纯……费里尼的电影几乎包含了诗人所有的精神特质。更难能可贵的是，他是那种“懂得如何将诗意与现实、批判精神与同情心结合在一起的人之一……”（法国总统密特朗对费里尼的评价）而这一点也正是一些优秀的作家和诗人所必须具备的。

我们历来认为电影是对文学作品的一种误解或歪曲。实际上有很多优秀的电影延续、拓展了文学作品的命运与生命力。像电影《茶花女》之于小仲马的《茶花女》，《乱世佳人》之于米切尔的《飘》。很难想象，假如没有电影，这类文学名著还有多少人愿意捧着逐字逐句地读。我们更愿意通过画面获得直观的视觉享受，而不是总是费心去猜测文字背后的意义。这也许可以解释，为什么费雯·丽的一个眼神可以胜过米切尔的半本书。原因很简单，电影往往比文学作品更能获得人心。它太直观也太神奇，能吸引我们去看已知和未知的世界、他人和我们自己——我们的爱，我们的梦，我们的现在与将来……所有的一切，只要我们愿意，我们都可以看到。当然，所有这一切，我们也都可以通过文字获得。可是文字这一手段却往往令人心力交瘁。因为文字的意义是无尽的，更多的时候我们的想象到达的不是它的内心，而是它的皮毛。这使我们沮丧而疲惫。即便作家不在文字里铺设很多曲径交叉的小径，我们善感的心也容易在文字里茫然四顾，找不到出路。而画面往往比文字来得更直接更武断，你看到的或许早已不是文字所要表达的，可画面的意义一定就在文字里面，甚至超出了文字所表达的。这样比起来，文字的意义实际上是有尽的。这也是为什么一个文学母本，可以拍成很多版本的电影。文学作品是根是源，电影是绿叶和硕果。我们通过根、源而展开的想象力长出了许多不同的绿叶，结出很多美味的硕果。要不然，我们看到的就只是树桩，而不是整棵树。

文字于复杂的内心世界和面部表情，其实是力不从心的。而电影画面却往往能真实地捕捉文字所不能表达的东西。它能给观众获得有别于文字的思考与愉悦。一个孤独绝望的人，被青春活泼的生之喜悦所感染，而生了一丝朦胧的希望。这是文字要表达的《卡比里亚之夜》（1957年意大利出品。导演：费德里克·费里尼，主演：朱列塔·马西娜、费朗索瓦·皮里尔。荣获第10届戛纳电影节最佳女演员奖、第30届奥斯卡最佳外语片奖、第二届欧洲电影终生成就奖）中的最后一个镜头。而朱列塔·马西娜最后回望电影镜头的那个眼神，正是一个多次被欺骗而仍然对生活充满祈望的善良单纯的下层女人的眼神。它暧昧、伤感、羞怯、善良、委屈，还有一些无助……我想尽可能地用文字表达出那个眼神的含义，但可能用所有的词也表达不出那个眼神所蕴含的全部内容。这正是文字无力的悲哀。

而在《八部半》（1963年出品。主演：马塞罗·马斯特罗阿尼、克劳迪亚·卡蒂奈丝。荣获第36届奥斯卡最佳服装设计奖）里，我们可以获得诗人般的深思与狂喜。费里尼让他的角色痴迷、茫然，混乱、无序、疯狂、不可理喻……可是每一个角度看上去都很高贵，从容而优雅。费里尼将记忆、梦想和幻觉与现实的片断交织在一起，来表现一个混乱中的灵魂如何经受“肉身的焦灼”和“精神的拷问”。那组吉多所幻想的宫妃场景，处理得似真似幻，令人昏眩又震惊。我们被费里尼的手法所诱导，经历了一些复杂和暧昧的蜕变过程，获得一个天才的艺术工作者的生活与创作、梦想与现实的全过程。对一个诗人来说，无疑是一种将词和句子变成诗的过程。那是一种既虚幻又真实、既痛苦又幸福的过程。

《爱情神话》（1969年出品。主演：马丁·波特、艾姆·凯尔）用近乎漫画的手法将罗马帝国荒淫无度的享乐生活再现出来。这部电影试图向我们讲述爱情与友谊。爱情不过是神话里的故事，在奢靡的生活中，有的只是泛滥的情欲，像浩瀚的海洋吞没人的理智、感情。肉欲是奢靡的展品。只有流浪汉的诗句是真正的爱的真谛。“诗人可能会死，恩科。如果诗能保存下来，不要紧。我的朋友，我最后的陪伴在此……我留给你诗，留给你季节，特别是春天和夏天。留给你风、太阳，留给你海，善良的海，地球亦是善良的。山、溪、河……大块的云彩经过，庄严明亮。你看他们，可能会记住我们纯真的友谊。我留给你树以及他们快乐的居民。爱、眼泪、欢笑、星星，恩科……我留给你声音、歌、闹声。人的声音是最动听的音乐，我留给你。”这段流浪汉躺在沙地里说给恩科的诗，在荒淫无度的帝国里就像一双忧伤的手，在被肉体淹没的灵魂后面找不到安慰的地方。这首诗和诗人欧莫的那番话一起成为奢靡生活背面孤独的灵魂。他说："对艺术的激情绝不会让人富裕。我不知道原因。但贫穷总是天才的姐妹。……塞那西斯一生都在画同一幅画，死于饥饿。但我们饮酒召妓，甚至不知道这些杰作的存在。"《爱情神话》是费里尼根据公元一世纪罗马人阿尔比特罗的小说《萨蒂里孔》改编而成的电影。这部电影拍得很辉煌，也很迷乱，在欲望的表现上非常怪诞，却最大限度地丰富了小说《萨蒂里孔》的奢靡与狂欢。我们于这奢靡与狂欢的后面，听到的是对爱与友谊诗歌般的低语和善良的痛怜。

文学作品能被改编成电影，实在是文学作品的一种狂欢。以前的人不知道有电影可以改编他们的作品，现在的人没有不喜欢自己的作品改编成电影的。如果不喜欢，大都是因为不能够。

所以，写字的，不妨多看一些电影，好让我们的文字长出许多的根，以期获得电影无穷无尽的版本和一些千古流传的眼神；写诗的，也要看看费里尼的电影，看一看费里尼的电影里诗人般的痴迷与偏执、怪诞与狂喜，看一看费里尼诗人般的狂思异想，再想一想！想一想吧——费里尼在他的电影里如何成了不写诗的诗人！

一个唱，一个不唱

窗外的两只雌鸟跳跃，由低枝到高枝——一个唱，一个不唱！

室内是法国那位"新浪潮的老祖母"阿涅斯•瓦尔达在1977年拍的一部女性主义的电影——《一个唱，一个不唱》！（1977年委内瑞拉、法国、比利时联合出品。编剧、导演：阿涅斯•瓦尔达，主演：泰蕾兹•利奥塔尔、瓦莱丽•迈雷斯、罗贝尔•达迭斯、莫娜•迈雷斯、弗朗西斯•勒迈尔、阿里•拉菲）

这不同生命类别的呼应，让我兴奋、愉悦！就像做女性主义的一个呼应者那般兴奋与愉悦！

阿涅斯•瓦尔达这部借由两个女子的友谊叙及1960至1970年代在法国如火如荼的女性解放运动的电影，至今在全世界范围内仍然有着它现实的意义。因为21世纪的女性仍然没得到真正的解放！身为女性，我们有着深刻的体会，所以不必在此列举例证。

还是来看阿涅斯•瓦尔达是如何通过两位迥异的女性在1960年代到1970年代的生活来构筑一部女性主义的历史的。

出生于城市中产阶级家庭的女孩Pauline（玻莉努）17岁离家做了一个歌手，后来她组织了一个女性吟游乐队，演唱她写的一系列主张女性身体自由、行动自由及思想自由的歌，以促使人们尤其是女性的觉醒。而年纪稍大的农村姑娘Suzanne（续桑努）在城里与生活贫困的摄影师男友未婚先育。男友自杀后，

Suzanne（续桑努）独自带着两个私生子回到乡下父母的家里。贫困和父母的冷眼，逼迫Suzanne（续桑努）开始艰难的自立，她通过学打字获得了工作和小镇人们的尊敬。为了让孩子们的成长获得更多的阳光，Suzanne（续桑努）带着一双儿女到法国南部，建立了一个家庭计划中心。她成了一个女性集会的领头人，后来，她还拥有了她爱的一位儿科医生的爱情。

Pauline（玻莉努）离家前和Suzanne（续桑努）回乡下前就是一对好朋友。Pauline（玻莉努）主张并拿钱给生活贫困的Suzanne（续桑努）去瑞士堕胎，并替她带孩子，给她的男友当摄影模特——希望自己的照片可以卖出去，能为Suzanne（续桑努）挣点钱。Suzanne（续桑努）接受着Pauline（玻莉努）帮助和友情，直到她们一个离家，一个回乡下而失去联系。十年后，Pauline（玻莉努）和Suzanne（续桑努）在一个争取堕胎权利的集会上又相遇了。友情的温暖重又回到她们中间。她们虽然相隔很远，见面也少，但是通过写信、寄明信片，向对方倾诉内心，相互鼓励和支持着对方坚强地面对生活的艰辛和人生的坎坷。

阿涅斯·瓦尔达通过她的电影叙述的女性主义者并不与男性对立，而是通过女性独立自由的选择，与男性平等地面对生活、人生的种种。本片很好地体现了瓦尔达的女性主义品格——女性意识的觉醒自然柔润而不突兀，自尊自爱而不自恃。无论是Pauline（玻莉努）的唱，还是Suzanne（续桑努）的不唱，都是她们女性意识的自然觉醒、表达与坚持。

跟那些与男性尖锐对立的女性主义者对比，阿涅斯·瓦尔达应该是一个“温和的、不咬人的女性主义者”。这样的女性主义者正是我敬佩的，也是我在生活与写作中一直予以关注的！

“没有老板娘，没有太妹，没有黑人女。我是女人，我就是我。不是玩具，不是道具，不是装饰。我是女人。我就是我。我是玻木，玻木，玻木，玻木……我是女人，我就是我……”电影中玻木和她的女性朋友们的歌声，正是她们对自身存在的自信，也是阿涅斯·瓦尔达通过电影对女人由衷的肯定与赞扬。

窗外的两只雌鸟跳跃，由低枝到高枝——一个唱，一个不唱！

生活中那些可爱的女性们，有的唱，有的不唱。唱与不唱全听任她们自己。

玛雅的魔镜

一个人从几个方向看着自己，就像在几面镜中看到的那样。玛雅是一位迷人的电影人。她虽然没有像她年轻时希望的那样成为诗人、舞者，但是诗人的经历和舞者的条件，让她拍出世界上最先锋的电影。

《午后的迷惘》（Meshes of the Afternoon, 1943）：梦中的花、小刀、镜面

时间是午后，是慵懒的午后。路两旁是不高的树木，路上是光斑和树影。一段阳光完整照耀的路面，一只手放下一朵花。那是一朵花，现在还是一朵花，在路中间。她走过来，拿在手里。她没去追赶路的拐弯处消失的人影，而是左转身上了台阶。台阶通向一扇门。她用钥匙打开门。房间的一切通过镜头摇过来：先是地上的几张报纸，再是沙发、洁白的墙和墙上的镜框，再就是花窗帘，铺着淡白色桌布的餐桌上是咖啡杯、黑面包和插在面包上的小刀。小刀累了，懒洋洋地倒在桌面上，它的光此刻也是懒洋洋的，不柔和也不刺目。镜头后退的第二级楼梯上是一只没有挂好的黑色电话，电话线零乱地躺在旁边。玛雅走上台阶。台阶通向二楼，首先映入眼帘的是一张盖着白色被子的床单，然后是飘动的黑色窗帘，不断地抚摸着靠窗的床头和地面。玛雅挪动了窗帘右边唱机上的唱针，在另一扇窗旁的沙发上躺下来。窗外可以看见那条让她遇见一朵花和匆忙消失的人影的路。她把花放在腹部上，闭上了眼睛……午后的阳光和树影，随着眼睛的闭上而暗下来，一切都暗下来了……

片首那个持花的黑衣女子，又出现在石板路上。她转过身来，脸是一面明晃晃的镜子。玛雅追过去，黑衣人转身向前走去，她左手上的花就像是一支火炬。玛雅没去追赶拐弯处消失的黑衣人影，而是左转身上了台阶。台阶通向一扇门。她用手推开门，首先映入眼帘的是地板上的几张报纸，再就是沙发，沙发旁通向二楼的第二级台阶上是一把刀子。玛雅绕过那把刀，慢动作跑上楼，她的裤管飘出两条很好看的波浪阴影。床上的枕头上是一只黑色的电话听筒，被子下是一把小刀。玛雅盖上小刀，放好电话听筒。她惊慌地靠在窗台旁，似乎是风力吹弯了她的身子，她仰面向后倒向窗外。她翻过身来时，看到另一个自己躺在沙发上，沙发旁是打开的唱机。她下楼，把白色的唱针从黑色的唱片上挪开，经过熟睡的自己，她透过玻璃窗（据玛雅的摄影家丈夫萨沙在玛雅的纪录片中透露："事实上，这张图片像没计划地拍到电影里，我只是一时冲动制作的。这张相片是偶然拍成，我喜欢树在她面前的玻璃中的倒影，后来我们常叫它我的波提且利式绘图，因为它让我们想起意大利文艺复兴。"——《玛雅先锋作品集》上的封面就是这张相片）。看到持花的黑衣人走在石板路上，另一个自己在追赶，然后左转身上楼，从口中吐出一把钥匙在手心里，她推门进屋后，看到持花的黑衣人上了二楼，她追上去，楼梯在摇晃。黑衣人把花放在枕头上，一张镜脸看着惊恐的玛雅，然后消失。

几个相同的玛雅不停地在墙面和楼梯间晃动。一个玛雅走下楼梯，另一个玛雅在熟睡，她身边的茶几上是一把小刀。她透过玻璃窗看到持花黑衣人走在石板路上，又一个自己在追赶……她转身上楼，从口中吐出的钥匙在手心里，它变成了小刀。餐桌旁已经坐下了两个自己，她走过来，右手贴左肩晃动着小刀一会

儿，她把小刀放在餐桌上，小刀变成了钥匙，她坐下来。某个玛雅的一只手拿起那把钥匙，餐桌上又变出一把；又某个玛雅的一只手拿走了这把钥匙，餐桌上又变出一把；又某个玛雅的一只手拿起这把钥匙，钥匙在她黑色的手心变成了明晃晃的小刀。躺在沙发上的玛雅晃动着头，她似乎被梦境吓坏了：一个戴着骇人眼镜的玛雅，手持小刀，走过沙地、石板路，走向睡梦中的玛雅。刀子插向她时，她睁开眼，俯在她面前的是一张男人的脸。她用手盖住自己的嘴唇，以免叫声滑出。男人伸出双手，拉起她。他手上拿着一朵花，把花放在枕头上。她跟着他上了楼梯，她躺在床上。男人动了一下床头柜上的镜子。他坐下来，一只手抚摸着玛雅的身子。玛雅枕头上的花变成了小刀，她拿起他，扎向那张俯在自己面前的脸，那本是一张男人的脸，但碎的却是一面镜子。它的碎片掉在潮湿的沙滩上，一浪一浪的海水拍打着它们……男人走过石板路，走上石级，门边的那朵花，他左手捡起那朵花，右手旋开门，地上是几张报纸和一堆碎镜片。玛雅仰面躺在沙发上，眼睛睁着，身上是碎镜片，左手还握着小刀……

当花变成刀子时，花就不再是花，而是死亡。

《在陆地上》（At Land, 1944）：爬梯和几个自己

她来自大海。可能是美人鱼，但也有可能是《午后的迷惘》中玛雅扎碎的那堆镜面。

当海浪把她送到沙滩时，她看到鸟从眼前的天空飞过，却没有留下痕迹。

她把一株树根当楼梯爬……她爬上的是烟雾缭绕的会议桌和丛丛的荆棘。那些吞云吐雾、高谈阔论的人和他们面前的茶杯、烟盒，是她经过的矮树枝，她要爬到会议室的顶端下象棋的男子面前，可他起身走了，人们都起身走了。只有象棋自个儿在走动。一只白色的象棋掉下去……掉入了一个石洞下的漩涡，顺着水流流走了……玛雅追着。但水的流速比她追赶的速度快多了。

她一个人走在路上，一会儿身边冒出一个男子——那个在午后拿花的男子，好像玛雅生活中的爱人萨沙，他走进了一间木屋，关上了木门。玛雅跟过去，从窗户爬进去。看到的却是一个老年男子躺在床上。她好奇地推开一扇门，又一扇门，走出去，踏上的却是一块岩石，她滑下岩石，脚踏上了松软的沙滩。岩石在她的回望中变成了高高的木梯，像瞭望台。她来到海边，一边走一边捡石头。石头不断地从她的左臂弯掉下来，她的右手仍不停地捡着前面的石头，直到她看到两个女子在下象棋。她好奇地走过去，看了一会儿，就扯着她们的头发，让她们看不到棋盘。她们的手仍在下象棋。后来，玛雅拿着一只白色象棋跑了。那个扯头发的她和那个捡石头的她，都扭头看拿着象棋奔跑的她……那个在岩石上的她也在看着她跑，跑进树丛，跑进木屋，甚至那个还趴在会议桌上的她，也看着她拿着象棋走进会议室。那个爬树根的她，也转过身来，看拿着象棋的她跑出的一串串脚印……

如此多的玛雅在陆地上，如此多的玛雅相互打量。

《为摄影机而做的编舞研究》（A Study in Choreography for Camera, 1945）：慢舞、旋转、腾跳

一个男子在树丛中跳芭蕾，镜头重复，就好像几个男子在跳芭蕾。超现实主义的灯光打下来，树干白晃晃的，像是白桦树。那些小幅晃动的叶子，让我想起塔可夫斯基的电影《镜子》中被风吹起的矮树林和树叶——那树叶上的银光，像晃动的银币。两处都美不胜收。但玛雅镜头下的美不仅是树丛里的光影，还是跳芭蕾的男子。他让灯光、速度、摄影机都成了他的伴舞……一个缓慢的跨动，是另一个舞台，他舞进了房间，镜前，最后是广场。不断地旋转，旋转，旋转，加速，加速，加速……似乎想旋离地面，进入太空……接下来是几个腾跳，越过树丛，在一个开阔处，做扎马功……

电影人回忆说：玛雅在她所有电影中做的都是浓缩、强烈、完美的，让电影就像一首诗。玛雅说散文是叙事的水平线，诗与歌是垂直线，它达到一个又一个细节，2分半钟后它到过那点，那就到了不能再进一步的强烈。一切就位，耗尽，达到那点，完美。

如此柔美的暴动之力，竟没有一点慵倦与瑕疵。

《变形时间的仪式》（Ritual in Transfigured Time, 1946）：酣畅、狂欢、奔逃

玛雅在房间里，摇动着两条手臂松毛线，脖子上的围巾飘动着，头发飞舞着。脸上洋溢着极度的幸福感……

两个现实生活中的闺密，一个好奇地走近她，配合她卷毛线，另一个沉默着站在玛雅身后的窗边。

派对上，一群人在移动，一些女人的嘴唇在动，各种各样的手势在移动。人们拥抱舞蹈……众里寻她千百度，蓦然回首，她也不在灯火阑珊处。

室外的雕塑，活动成舞伴。几个女人，和一个男人在舞。但玛雅不在她们之中。她在时间的外面：相亲相爱是一种仪式，手舞足蹈是一种仪式。多么狂欢、多么优美的舞着，但玛雅不在其中。玛雅在暗处，在摄影机后面，看着相爱、派对、狂欢……变形，定格为梦魇，为偏执的诡异。玛雅令闺密看到的不是雕塑，而是暂时静止的舞者。他低下头来，跨步追赶逃跑的闺密。她跑过草地，跑过长廊——那黑衣的闺密仍是一脸默然，她靠在长廊的柱子上——跑进水里……这跑进水里的，已不是闺密，而是玛雅。她跑进深水里的姿势和她在房间里摇着头松毛线的姿势一样酣畅淋漓……一团白色的人影从上空飘下来，一次，两次，三次，她手中的百合花是黑色的，她的衣裙、面纱都是白色的。电影胶片上的人影，就是一团梦幻之光。

似乎玛雅的拍摄意图，是想让片中人以场景和舞蹈触摸死亡，并让这种触摸变成了一种仪式。这仪式没有一点儿声音的陪衬，但那效果却是于无声处的惊雷……

电影中那一脸默然的女子就是海拉。海拉是玛雅和她的丈夫萨沙的好朋友，曾在玛雅的电影《在陆地上》下棋，玛雅曾揪着她的头发，让她下盲棋——她酷毙了：不看棋盘，也能把白棋打败。玛雅拿走了一枚白棋，是让她没有赢棋的成就感吗？所以，现实的海拉要拿走玛雅的萨沙。是一种报复呢，还是玛雅神秘的预言？在《变形时间的仪式》中，玛雅的镜头在预示海拉在现实生活中的背叛：玛雅和萨沙离婚后，和海拉结婚了。——似乎，早在他人酣畅淋漓地舞蹈之时，海拉就在密谋背叛。

《变形时间的仪式》成了感情变形的变形的仪式。

不要怪海拉，是玛雅导演的这一切，是她的恶作剧——她拿走了白棋，游戏规则也成为仪式。可后来，那白棋掉了，她就不停地追……

所以，萨沙，还有海拉，还有后来的电影人，都在深情地想念着玛雅。

《暴力的冥想》（Meditation on Violence, 1948）

玛雅拍的中国人的武当拳，不知是不是银幕上最早的中国人的武当拳。我是中国人，但是对中国功夫一向是只知皮毛，不知内里，也不懂从艺术的角度去欣赏中国功夫。但玛雅的这部电影，充分运用她完美的电影艺术构型，对武当拳进行了非常艺术的诠释与剪裁，使人受益匪浅。

该片中的演员，晚年在回忆玛雅和她的这部电影时，深情地讲解道：“……是智者控制自然，而不是让自然占有。……力量爆发，一个受限的空间就不再合适了，只需一跳，我们就在高处了，我们有了露天，然后力量可以爆发了，直接在镜头前，她（玛雅）构思了整个计划，是从柔软浮现变为坚硬，我只简单地做我学的动作，玛雅拍摄下来，剪辑，全重新剪辑，加速，倒带，这就成为连续的相互作用，在她和原始的动作间。我在这里想做的是，达到麻痹的最高点。所以这里发生的是，动作越来越暴力，极度暴力翻转过来，到了它的对立面，成为沉默的麻痹点。就在这儿，从这里胶片回转，反相拍摄，全部倒回。现在，这种运动的非凡之处在于，你看着它回转时，如此平衡，你看着它前进时，中国人在公元5世纪发明了这种搏斗。太极的意思是，终极形式。什么才是终极形式？不是最完美或是最漂亮的，那是西方的概念。在中国，终极形式是无形，这不是自相矛盾，

摄影：川 上

因为无形就是一个形状在运动，不断变化，所以不断的运动包含所有可能的形式。”

艺术无所不包。电影如何再现艺术也是一门包含无数奥秘的艺术。

这部电影，它的速度与力量非常适合这两个词——丝绸与利刃。先是丝绸，然后才是利刃。两个极端，但中间有优美的演绎过程。那过程，就像是风力在改变它的力量和空间——令人惊叹，却无法复制，被玛雅的电影捕捉了。

《夜之眼》（The Very Eye of Night, 1958）

片首仍然是没配乐。就像是抽象画。20世纪的诗人们爱在诗歌集里插入的那样的画。

夜空出现的时候，音乐也出现了，就像是小钉子敲着铜鼓，细细的清脆声，沁人心脾。

剪影般的人影儿移入夜空……然后音乐密集起来，人影儿跳起了芭蕾，萤火虫一样的星星移动着……像是祭祀的幽灵，一群亡魂的舞蹈，夜空里的白光之舞。

《玛雅的魔镜》中的电影人回忆说：“……《夜之眼》，即使到它完成时，也没有人明白，但我和少数几个人明白，是夜之眼，它本质是希腊的，它直接来自莎翁，是她文化的仪式。……他们说：星星只是金属片，贴在纱幕上，摇晃地移动着，我听到有人说：像是小孩的过家家。这正是要点，玛雅不想拍摄虚假的好莱坞电影，她想要它像是孩子的视点、梦游者。这是电影史很重要的主题，玛雅激动地意识到了……夜之眼，它是科学电影，它是占星术电影，它没有主张，但有月亮、星星……所有东西都在这巨大的黑暗空间旋转。这是我一生中看过的最美的抽象芭蕾，它美是因为与物体和重力有关，没有因艺术的决定而错误展现。月亮走近离远，是因为真实的原因，而不是虚构的原因，因此，画面的平衡很完美，这些物体的关系都很平衡完美。”

《夜之眼》被电影人誉为“最美的抽象芭蕾”，它是玛雅的最后一部电影。

为玛雅配诗：

她曾是一个穷诗人，
也是一个舞者。
但她有了相机之后，
易名“玛雅”（这个佛祖母亲的名字，
印度教中女神的名字）
并改用电影写诗，跳舞：
她给世界写诗，让世界起舞。
爱猫，爱镜子，
花一再变成匕首割破镜子，

这不仅是电影的结局，
也是爱和时间的仪式。
她用单数
给多重、变形的复数下咒语。
看，玛雅，
她一脸无辜地捡着石子，
在电影中，
它们是金属片，
缀在夜幕里。
世界的结局也是破碎的镜子
——而她一张完整的脸，
被纯洁的纱布掩盖着，
它附着疯狂的魂
——她偷走了别人手中的棋子，
带走了男人弄丢的时间。
所以，我们看见的不是死亡，
是永生。

看玛雅的电影，更多的人可能需要解说词的引导。有关玛雅的纪录片《玛雅的魔镜》就是玛雅电影的最好的解说词。

玛雅把钥匙从口中拿出来，交出去，让它再度变成花。满天粉红的桃花，那不是玛雅喜欢的海蓝色。

完成《夜之眼》之后，小她18岁的同居恋人高桥参军了。他们的经济状况变得更拮据了。玛雅仍像和萨沙在一起时那样爱猫，手中一点钱都去买猫食了。“玛雅是那种人，感情的力量无限，她总是充满欢乐、愤怒或沮丧。”极端的情绪加上食物的极度缺乏，严重影响了玛雅的健康。雅各布医生的针剂只是暂时为她输入了一点儿生命能量，其实是一种持久的戕害——因为她打的针剂只有少量的维他命，却有大量的安非他命。1961年10月13日，星期五的凌晨2点到3点，玛雅在医院里陷入了昏迷，再也没有醒过来。她去世了。在生前的最后一个派对结束时，在曲终人散的氛围中，她站起来，唱着俄罗斯歌，跳着俄罗斯舞，眼里泪光盈盈，似乎在追忆她的出生、她的过去、她的一生。她的歌舞就像她的电影中渲染过的某种仪式——一种要回家的感觉，一种死亡的气息……但这次不是拍电影，也不是她要的仪式感，而是永诀。只是没有人看出这是永诀，可能玛雅自己也没感觉到。

玛雅44岁去世，据说是因为缺乏食物而心力衰竭，情绪不稳定，而引发脑溢血。她本来是要再结婚的，或许还预备了一个电影般经典的婚礼，但是死亡带走了她。她被葬在富士山的一角——“东京港和海洋最忙碌的一角”。

但我看玛雅的电影后，不认为玛雅已经死了。她只是以她年轻美丽的容颜睡去，就像是走进了一个多面镜中，到处都是她的影子——爬梯的，捡石子的，看下象棋的，拿着象棋奔跑的……

玛雅在睡梦里，不断地繁衍出多种人生。像她的电影《午后的迷惘》中的玛雅，不断地做梦，不断地吐出打开门的钥匙。

博尔赫斯诗中的镜子也比不上玛雅电影中的镜子的繁殖力旺盛——她的电影令她生生不息。

只是梦和镜子，都是玛雅拉起的纱，“她在我们眼前拉起一层纱，幻觉之纱，阻止我们看到它后面的灵魂真相”（萨沙语）。

难忘乔治·桑

乔治·桑是我在书本中最早结识的女作家之一。在我所喜爱的女作家中(其他女作家是伍尔芙、杜拉斯)，我并不最爱她的作品，但她的个性却是我的最爱。

有关乔治·桑的传记，我是百看不厌的。不论作者与版本，只要是乔治·桑的，我都爱不释手。因为在我看来，乔治·桑的故事即便是拙劣的笔写出来也仍然光芒四射。这一切，归功于乔治·桑本人的魅力。

她的作品只是一团模糊的身影。但她本人却是一轮炫目的太阳。

她那混合着贵族与平民两种不同血液的身躯时时都在酝酿着一场革命。这位集浪漫的情调、狂热的性格与忧郁的感情于一身的女作家，对于艺术异性具有不可抗拒的魅力。

她那一双梦幻般的大眼睛总是像闪电一样抓住一道道多情的眼光，她那敏感而浪漫的性格使她太容易迷失于爱情，她那容易轻信的个性使她太容易透支内心完美的理想，而善悟却又使她太容易清醒，她那伟大的母性使那得到过她爱的小说家、诗人及音乐家都对她终生难忘。

于勒把与她的遭遇写成了《玛丽亚娜》。缪塞把与她的悲欢离合写入了《一个世纪儿的忏悔》，并在给乔治·桑的画像下这样深情地写道：我只同这个女人在一起生活过，怀疑她，就等于怀疑一切；诅咒她，就等于否认一切；失去她，就等于毁灭一切。她与肖邦的爱情使肖邦创作出了更多的闻名于世的乐曲。

这一切让任何一个当事者都至死不忘。我们不难理解肖邦在临终前那低沉的一句话：她对我说，除了在她的怀里，我是不应该死的。

只要她还在爱，她便慷慨大方，不断地给予。

这样激情澎湃的女性，这样无私而伟大的女性，怎能让人忘怀呢？于勒·桑多不能，缪塞不能，肖邦更不能。

音乐家死了，诗人也去了，无人再来感谢这伟大的女性，只有我们这阅读的心来感谢了。

因为追寻完美，乔治·桑一生都在寻找爱。而一个个在艺术上杰出的异性在生活上、在爱中却让她失望。

这世上爱美的人，谁都在寻求完美，可谁都在证明完美是不存在的。

现在，我敏感而忧郁的心灵也在经受着乔治·桑早已经受过的痛苦。我痛恨自己自觉但不自醒。这是所有善感的艺术女性永恒的痛苦。多少个世纪过去了，这些痛苦仍没消失。

怪谁呢？这忧郁的天性啊！

我的文字不是祭奠，却是陈述。

可谁有乔治·桑幸运呢？那么多的书和音乐记住了她的爱。而现在的诗人，他们的生活中只有短命的诗，却没有永恒的音乐诉说着爱情的歌曲。

热爱书中的女人

传说中的女人是一段段美丽的浮云，飘在我们的记忆深处。而书中的女人则是具体的文字。那文字是她们的躯体。文字所表达的思想是她们的灵魂。我们阅读的眼睛，通过这些文字，感知到她们丰腴的肌肤与真诚的歌哭。因为这，她们真实又美丽。我们通过这种接触，恍恍惚惚地看到自己的影子，飘落在书中的文字里。

事实上，那些与书为伴的女人，时时会把自己想象成为书中的女人。她在阅读中与书里的女人相互重叠。喃喃自语或沉默不语地同那些通过文字说话、叹息的女人谈心。

而一种更深的接触是融入，是女性通过创作，把自己的灵魂融入文字中。写作的女人成为书中的女人，然后给另一些阅读者去触摸，去感叹。

由阅读的女人到写作的女人再到书中的女人，这是多么神奇的上升。这一上升的过程中自始至终飘拂的人物，便是精神高扬的女人。

一个爱阅读的灵魂总会被书中的女人所吸引。不管书中的她们在现实生活中是怎样与我们一样世俗，但通过文字站立起来的女人永远都高高在上。即使她身处地狱，在阅读的眼睛看起来，也是那么高。从来就不会有杀伤力，只会有一种光芒的暗示。即使她是一束肥硕的剧毒花，在阅读的人看来，她们全是美人，无论是肉体还是心灵。她们在书中的千姿百态无一例外地美到极致。

作为一个阅读同时又是写作着的女人，更是无法停止热爱那些书中的女人的。

很难想象，没有书的日子，心灵会是如何的空虚？一间没有书的屋子，充满了聒噪与不安。灵魂无处可去，也无处安放。很多时候，我们双手抱膝，像个被无望的爱情掏空的绝望的人。而与书相伴的日子、与书中的女人相伴的日子其实就是与精神热恋的日子。

我把我精心选购的书一一贴上标签，摆在书柜里，重要到次要，最爱到次爱，像对待藏在我心里的人。我让它们避免灰尘，也不让任何人触摸它们。

如果书也有性别，我坚持认为我的书柜里的书都是一个个美丽的女人。她们都是我心灵上的同性朋友。她们各不相同，却都暗香迷人。

工作之余的大部分时间，我在书柜前的电脑上写作。她们安静的灵魂在我渐渐蒙胧的泪眼中像一个又一个神圣的启示。往往在此时，我一遍又一遍地预见自己的未来——真真切切地由一个创作的女人成为书里的女人。

不害羞地说，我写作，是为了在她们中间排上我自己。为了让自己的作品代表我真实灵魂的一部分排在她们中间。

我爱她们。爱那些写出好书的男人和女人，更爱那些书里的女人。因为她们在我需要的时候伸手可触。她们实在比那些固执的亲人和善得多，也比那些善变的情人可靠得多。更重要的是，她们沉默着却也能让我知道一切来自她们的气息与精神。她们牵引着我们，让我们的灵魂高高在上。她们也从不会变质。我想世界上没有比这更好的精神食粮了。

我大部分的时光都是与我热爱的书度过的。她们不说拒绝，只是听任我陶醉在她们的气息里。我拒绝外人抚摸她们。她们只同我交欢。我在心里说，“这是我的，谁也别想拿走”。这种专一的爱，让我的灵魂单纯而富有。

我想，凡是一个热爱书的灵魂，不会不爱那些书中的女人。不会不爱。爱她们从黑发到白发，从辉煌到暗淡。

除了书中的女人，世界再没有任何人可以令我们这样拥有这么纯洁、这么没有条件与准则的爱。

一间自己的屋子

一些女声附和着另外的女声，说：我需要空闲、钱财和一个属于自己的房间，以便我更好地写作。这不仅仅是女性这一性别独特职业的需要，它甚至成了某一类女作家忠贞不渝的理想。

追根溯源，是弗吉尼亚·伍尔芙唤醒了她们心中骚动的理想与勇气。

其实，即使没有伍尔芙，也会有另外的女权主义者在不同的时空说出类似的话。

不巧的是，世上先有伍尔芙，然后有“一间自己的屋子”的宣言。是上帝选择了伍尔芙，让她生在我们的前面，是独特的天赋与才情让她走在女人的前列。

在这一点上，20世纪的许多女性甚至男性也没法超过这头迷人的“狼”，更多的人只能在艰苦奋斗中一遍遍重复着她那女权主义的头脑所宣言的“一间自己的屋子”。我无不光荣地成为其中的附和者。多年前我在诗歌中写道：

一间自己的屋子，让我走在天堂的路上

我所需要的一间自己的屋子，无疑是一个非常纯美的精神空间，不仅仅是镜子和歌声，更不仅仅是大花的窗帘和透过窗帘的一缕缕波动的阳光与月光、微风和细雨，也不仅仅是记载着一个个高扬灵魂的精美书籍，它更是远大的胸怀所鸟瞰的一个无数自我、无数个心灵交锋的战场。

窗前飞过的鸽子与写字桌上嘀嗒的钟声在强调柔和或紧密的节奏。我的手指就这样在键盘上起落。

是什么样的歌声唱着什么样的灵魂呢？我现在不能告诉你，她们在已经面世或即将面世的书里，期待你亲切的灵魂在某个黄昏与她相遇。

是的，是相遇。就像经过无数的风雨与女人渐渐成熟的心灵相遇，并开始赐给女人——地位、闲暇、金钱和一间自己的屋子。

是的，伍尔芙所宣扬的，很多女作家都慢慢地得到了。可她们是如何在这些物质和精神的氛围中安置自己的躯体与灵魂的呢？这正是我的写作所要探寻的意义。“到目前为止一直默默无语的躯体开始唱起歌来，……还有红葡萄果酱、葡萄酒，接着是咖啡，接着是咖啡——然后上床，然后上床。”

“于是，余下的旅程就在我自己躯体的美妙交往中完成了。”

我仍然迷惑。拥有了这一切之后，我将如何完成自己呢？这是现在的女作家不得不深思的问题。

伍尔芙作为一个优雅的女权主义标本给了我们宣言似的精神财富。我们又将以什么样的姿态什么样的宣言给后来的人呢？

具体地说，在一间自己的屋子里，如何酝酿出醇美的精神美酒。

我只想对你说，写作远远不是愉悦，而是如何超越。

余秀华身上被贴满了各种标签，但我们不得不承认她是位富有才情的人，那些浸润在文字间卑微又倔强的生命情感体验，一次次地打动着我们，即便矛盾、纠结、痛苦丛生，但她的精神世界一直充满光亮。

——庄　凌

余秀华，她活得像个人

□ 庄　凌

三年前就想做一个“访谈 + 纪录片”类型的视频栏目，有过几次机缘，聊过几次合作，遗憾的是一直未能成行。但遇见过的一些人，他们身上的某些特质散发出迷人的气息，总能吸引你想去和他聊一聊。

4月20号，余秀华携她的新书——小说集《且在人间》来卓尔书店开读者分享会，我第一次见到了传说中的余秀华，视频目前做不成就写篇文章吧。第一篇文章就献给余秀华，之后差不多会做一个系列。

我本来列了两个选题：一、余秀华，她需要爱（性）；二、余秀华，她活得像个人。而其实爱与性是人的基本需求，是活着很重要的一部分，所以我最终选了第二个。

百闻不如一见

在见余秀华之前，我的心里装着半瓶子忐忑和紧张，说真的，我很害怕她会抵触我。一夜爆红的余秀华，身价也水涨船高，会不会像明星一样耍大牌？并且江湖传言，余秀华只喜欢男人不喜欢女人，尤其年轻女人！这绝非空穴来风，有诗为证——余秀华为诗歌圈很多著名男诗人像李元胜、朵渔、陈先发、雷平阳等都写过疯狂的求爱诗，这早已成了诗人们酒桌上的闲谈趣事。

不但如此，余秀华口无遮拦喜欢怼人的说话风格也是出了名的，听闻她不接受网友批评，不少网友被怼得上气不接下气。武汉二十七八度的天气我却突感冷风袭来，脑海中蹦出一个片段，两三年前姑娘我也算是小有名气了，曾经在某诗歌群中申请加余秀华好友，不料迟迟没有音讯，我隐隐约约有种不祥的预感：此人不好相处！

上午11点左右，我和一位同事、两位领导（他们三位均为男士）一同前往酒店接余秀华共进午餐，同事敲了下房门，“来了！”里面传来一声清脆的应答声，稍等了片刻门开了，只见一位蓬松短发、面庞白皙、涂着艳丽口红的女人笑盈盈地伸出头来。那一刻我突然被惊艳到了，呀！做梦都没想到余秀华本人这么

余秀华近照 林东林摄

好看而且体面。

她毫不掩饰地喜欢小鲜肉，见了我的同事就调侃：“你真是小鲜肉啊，又白又嫩，肉又多！”我的同事是个害羞的男孩子，被这么一夸，路都不会走了。哈哈，扪心自问哪个男人不爱美女？哪个女人不爱帅哥呢？我先举手，我也爱看帅哥！“男女搭配，干活不累”，亚当夏娃早已心领神会了，异性相吸的人性特点只是在余秀华身上被突出和放大了罢了，一辈子那么短，哪有那么多时间演内心戏？喜欢就是去表达，余秀华堪称模范！

她的真实让我彻底松弛下来。大家聊起如今很多男孩子比女孩子还娇贵，工作中不肯吃苦，余秀华谈到这与中国长久以来的男尊女卑封建观念很有关系。不得不说余秀华幽默、聪明甚至有点狡猾，有着很强的思辨性。

我一生都在追求平等和尊重

余秀华在很多场合提到过“自卑”。身体的残疾，让她永远摆脱不了这样的心理阴影，她在意她的残疾，她在意别人在意她的残疾，她比常人更加敏感和脆弱，一片雪花就能轻易压垮，因而更加渴望平等和尊重。

她讲了一个发生在自己身上的故事，比小说《且在人间》里出现的桥段更加残酷。有一次她去打出租车，对方见是残疾人怕她没钱，先要她拿钱出来看看，没钱别想上车。她的内心受到了极大的打击，没有同情和关爱，而是歧视和侮辱，人性的丑陋赤裸裸地躺在她的面前，她抑制住内心的悲愤，笑呵呵地把钱拿出来，说："你看我有钱！"司机这才放心让她上车，到了目的地，她下车就跑，有钱也不给！

在见面会开场之前，余秀华对着镜子涂口红，怎么涂都涂不好，口红涂到了脸上，她一遍遍地擦拭，一遍遍地涂，或许这不仅仅代表着美，还有对活动及读者的尊重。

她一次次用自己特殊的方式对抗着周遭不平等的对待，她把"尊重"看得比命还重要，她的一生都在极力追求作为人"生而平等"的权利和自由。她需要被理解，更需要被尊重。

我内心也会有丑陋和自私

活动现场的余秀华侃侃而谈，很会调动观众的情绪，她坦言，中国人根深蒂固的小农意识她也有，虽然通过读书可以提高自己的修养，但人性中丑与恶很多时候与读书无关。

她说不管是成名之前还是现在她都不喜欢和残疾人交朋友，因为她无法帮助他们，在一起只会有负能量，所以她回避他们，这样的回答挣脱了残疾人就该"同病相怜、惺惺相惜"的道德牢笼，有人举双手赞成说她真实，但也会有人不理解骂她阴暗。她只是实话实说。

世人都想把自己包装得完美，太多的伪装让活着也像死了。在这个虚假泛滥的时代余秀华我行我素，野蛮生长，从不回避自己的内心的丑陋与自私，她承认自己的缺陷，坦言自己偶尔心中也会有恶，她敢说别人不敢说的话，不怕得罪任何人。

"缺什么补什么"，我不喜欢爱情

余秀华的诗歌和小说有一个很重要的主题是爱情。你能读到她内心深处对爱的极度渴望，她的爱情诗细腻、卑微、执着、热烈，打动人心。

现实生活中她的爱情与婚姻从一开始就是个错误，她说她算过命，她的命里没有爱情与婚姻。越怕失去她越害怕得到，她说当快要得到的时候她就会把他推开，最好的方法是杀了他，他就再也不会离开了，这会让她感到安全。在余秀华身上残酷美学体现得淋漓尽致，她要的爱情似乎注定是一场悲剧。

在《朗读者》节目中，董卿问她怎么写了那么多爱情诗，她调皮地回答：

“缺什么补什么。”在婚姻里她没有感受到平等和尊重，她一直追求着在灵魂高度上与她相匹配的人。此时我才真正理解了余秀华，为什么疯狂地给她喜欢的男诗人写着浪漫决绝的爱情诗，因为她相信在灵魂上他们能够相互理解，相互欣赏，他会懂她，爱她。

这个渴望用灵魂交流的女人，却常常一副不正经的样子。活动结束有粉丝跑过来送祝福：“你一定会遇到爱情的。”余秀华笑说：“我不喜欢爱情呀。”她常把大家逗得哈哈笑，自个儿嘴巴也笑歪了。有人说她有趣，也有人骂她低俗，至少她不虚伪。

她的成名作《穿越大半个中国去睡你》被很多人诟病甚至谩骂，余秀华在《超级演说家》提道：“穿越大半个中国去睡你！我觉得是一种非常纯洁的男女关系。你说我想睡个人，我何必费那么大的劲，还穿过半个中国，何必呢？恰恰是我爱这个人，所以哪怕枪林弹雨也要去。我觉得这才是爱情的忠贞、爱情的可贵，这是一种奉献，是一种坚守。”

在送她去火车站的路上，我和她聊起她写给诗人朵渔的情诗。此时她的脸上洋溢着幸福，面部神经抽动着，像是开了花。她笑得很大声，不停地夸赞朵渔是个善良的好人，是位绅士。她喜欢他的诗，喜欢他的性格和为人，喜欢他对她的理解和爱护，对她来讲，可能这就足够了。

不是爱怼人，只是不喜欢被欺负

《且在人间》，余秀华有一句宣传语：“真的，我特别担心我的小说比诗歌写得好。”真的，我喜欢这个腔调，这很余秀华。

午餐期间谈到余秀华的诗，她说觉得自己写的不够好，还没有达到很高的境界，缺少一定的思想高度。她的这番话让我感到吃惊，这与那个在网络上因北岛一句“余秀华作为一个诗人我觉得不够”就疯狂“开炮”、不接受批评的自负的余秀华完全不像一个人！

余秀华没有让其他领导去送站，她也没有助理，一个人从郑州奔赴武汉，接着又要独自去南京和杭州，我背着她的行李，又大又重，我觉得我都背不动，但我肩上的不仅仅是行李，更多的是一份信任。看着身后跌跌撞撞的余秀华，我很心疼，这心疼不是因为残疾，而是因为看到一个真实的生命，不屈不挠地活着。

在候车室我找到一个空座位让余秀华坐下歇一歇，她刚坐下，旁边一个老太太轻声提醒说这个座位有人了，她倔强地努了努嘴：“有人也坐！”过了一会儿，原先座位上的那个人回来了，余秀华主动站起来让座，她们连说：“你坐吧，你坐吧！”但她很坚决地拉着我去找别的座位了。

她的身体、她的成长生活环境造就了她的性格，让她浑身带刺，害怕别人欺

余秀华近照　林东林摄

负自己，首先自己就要变得凶恶，哪怕她心里很明白，她依然要说“不”！她任性、倔强、叛逆，像个不服管教的孩子，她用自己看似无赖的一套方法来故意挑衅着常规秩序，其实只是为了得到爱与理解罢了。

我和她找到另一片休息区域，我们肩并肩坐着没有太多的话，只有彼此的呼吸在流淌，匆忙而扭曲的时间好像停止了，她坐在那儿，安静如少女。

领导给她准备了一点干粮留在路上吃，我给她打开一盒酸奶，让她先喝点休息下。她试图为我也找一瓶但发现没有，她有些抱歉，拼命地喝着，像是怕浪费了每一滴好意。我悄悄转身，不愿让她看见我内心的感动，此时无声胜有声。

她的车开始检票了，我把重重的行李交到她瘦弱的肩膀上，忍不住给她一个拥抱，看着她昂首挺胸跌跌撞撞地检票离开，我喊了一声：“余老师再见！”她回过头笑得很灿烂。

去车站的路上，我说：“我真想和你一起去南京。”她说：“好啊！你不要回去了，我们一起去！”我们幻想着变成蝴蝶飞过忙碌平凡，飞过人山人海，她不再摇摇晃晃，不再跌跌撞撞，是的，余秀华有一双透明的翅膀，她会飞。

余秀华，这个在网络时代一夜爆红的现象级诗人，嬉笑怒骂都写在脸上。她活得简单透明，真实不虚伪，面对不喜欢的事情，她也不遮掩，有啥说啥，会抱怨也会爆粗口，有时像个愤青有时也像个泼妇，但成名后的余秀华毕竟不再是那

余秀华近照

个横店村默默无闻的农妇了，她撒泼也可以被解读成个性，有资格挑三拣四。这是不是耍大牌？看你怎么想，喜不喜欢那是你的事，反正余秀华不在乎，赞成也好批评也罢，这些都成就了余秀华，红了就是红了，她没有掩饰，没有装。且在人间，余秀华，她活得像个人！

余秀华身上被贴满了各种标签，但我们不得不承认她是位富有才情的人，那些浸润在文字间卑微又倔强的生命情感体验，一次次地打动着我们，即便矛盾、纠结、痛苦丛生，但她的精神世界一直充满光亮，如她在一首诗中所写：

我爱极了每一片叶子边缘的光芒
如同我触摸你指尖的时候，世界递过来的眼光
这样的危险让我沉迷，让我想把这乾坤
重新颠倒，安排
而你依然是沉默的，把一个谜
交给另外的一个谜。夜色里一个人疼痛的部分
与你无法相关
如同我对这个世界不顾一切的赞美

——余秀华《如果万物都有与你相关的部分》

有次跟一个朋友聊天，说起拍电影，或许不可能实现了，但未来谁又能说得准呢？我没有机会拍电影也可以拍小视频，拍平面。摄影师说我的镜头感很好，是的，我是以一名演员的身份来要求自己的，用心地表达情绪和故事，把每一个镜头都当成拍大片。梦想也因此有了可以喘息的窗户，或许这是一种安慰，但至少让我感到快乐。

——庄　凌

请不要叫我死跑龙套的，其实我是一个演员

□庄　凌

《喜剧之王2》刚上映没几天就被骂得一片凄惨，星爷也几乎被拉下了神坛，一夜之间从喜剧之王变成了江郎才尽，只能靠消费情怀，骗影迷钱财的丑恶奸商。我本来想过年期间去电影院缅怀一下经典，但见骂声此起彼伏，硬生生没敢前往，说真的，很害怕看后年都过不好了。

当喧嚣渐渐散去，我还是壮着胆看了一场，万万没想到纸巾不够用啊，我只想说："星爷，你别怕，就算全世界都不懂你，至少还有我！"

但今天不想谈电影的内容，我认为除了几个比较强行植入的广告和戏剧成分太密集外，电影没什么毛病。很多人说星爷是在卖情怀，我倒是觉得年过半百的他更豁达了，不再只迎合市场口味，而是有点任性地讲着他自己的故事，懂他的人会流泪，不懂的人会疯狂，是对牛弹琴还是高山流水，全凭境界。

话说回来，如果你没做过群演，没跑过龙套，你就无法真正体会星爷在讲什么，也就没有资格指手画脚，骂骂咧咧。

像如梦这种坚持了十多年的大龄剩女，还在为当初的梦想努力，最后被卡车撞死的弥留之际还在幻想成为影后，竟以这样悲剧的方式圆梦，说好的喜剧呢？人生啊为什么到头来却是一场大悲？或许只有星爷、只有如梦这种疯子，才会把牢底坐穿吧，辛酸苦辣个中滋味有谁知？

有多少人年轻时有着做演员的梦想，却最终败给了现实。我也有过演员梦，或许是缘于儿时父母带我去影楼拍照，摄影师一句自卖自夸的话："你家孩子真上相，真适合当演员！"却偏偏被年幼无知的我听去当了真。也可能是爱说爱唱的父亲遗传基因强大，我竟有了这样一个不切实际的梦。

说来我的确也有一点这方面的天赋，模仿能力比较强，从小跟着小镇文艺青年——我的表哥，接触到了不少港台的影片，杨德昌、侯孝贤、王家卫，张国荣、古天乐等很多优秀的导演、演员让我大开了眼界，我常常被帅气的男主角迷得颠三倒四，也常常幻想自己去演一部电影。

我永远记得青春期的绚烂时光，我在地摊上买了一堆盗版电影光碟，初秋的周末我一个人窝在狭小的房间，抱着枕头趴在DVD播放机前疯狂追片，我从一个故事穿越到了另一个故事，把一个人的灵魂附到另一个人的身上，这些错综纠缠的蒙太奇镜头带来前所未有的强烈快感，让我兴奋到头昏脑涨。《小武》《三峡好

人》《孔雀》《红高粱》《重庆森林》《东邪西毒》《阳光灿烂的日子》《苏州河》《青红》《教父》……都是在那个时期一股脑填充到我的记忆中，让我日后有了更多自以为的、后现代式的叛逆文艺少年的格调。

高中期间结识了一位学编导的艺考男同学，至今没有明白为什么他把高价求得的复习资料免费给我复印了一份。我好似得到了一本绝世武功秘籍，开始夜以继日地研读修炼，并结合似懂非懂的理论解读我看过的影视戏剧，我仿佛一下子内力大增，好似练成了盖世神功又好似走火入魔。

我申请到了一张艺考证，跟着艺考同学奔赴济南考试，后来他们又去了潍坊等其他省内考点。我坚定了要一个人去北京考中戏、考北电的信念，我独自买了一张济南到北京的无座火车票就这样赴京赶考了。那是我第一次坐火车，站了一路腰酸背疼还差点被一个黄毛小流氓欺负。到了北京住地下室，啃馒头，吃泡面，竟然觉得很幸福，简直是初生牛犊不怕虎。

中戏初试和中戏曲初试都是《看榜》，我侥幸进了中戏复试。那时住在棉花胡同一个老太太家里，一晚50块钱，这个猴精的老太太是个陕西人，专门做艺考生住宿生意，逢人就来一句："我见过太多大明星了，巩俐、章子怡在这读书时还住过我家呢，每次出去拍夜戏回来进不去宿舍，就来敲我家门。你底子好，就在这安心住着等考试通知，保准能成！"

摄影：川　上

当然老太太的话是信不得的，结果可想而知，但这段经历却让我在中戏的大校园子里看清了“天外有天、人外有人”的事实：帅哥美女数不胜数，自己只不过是只丑小鸭。不可否认的是这段行程却是美好而又愉快的，没有名落孙山之感，而多了一份难忘的青春记忆。最终我与北京擦肩而过。

后来几年我对北京的感情渐渐发生了变化，由爱到怕到恨是一个漫长又痛苦的过程，我在一座寂寞的小城独自疗伤，我承认我怂了，我开始接受现实，接受平庸，接受自己的不完美。

但在大学期间我又做过群演，参加过选秀，给摄影工作室当模特拍过照片。几个伙伴成立微电影社团，自编自导自演过一些片段。考研竟然也选了电影和戏剧，包括写诗，我也融入了很多戏剧性的元素。为什么会情不自禁地做这些，那时我并不明白，全当是巧合，直到现在回头去看我才恍然大悟原来我从未放弃过梦想。

而如今我也更清楚地明白，梦想不仅仅局限于一个领域，它早已融入了你的生命，哪怕你不能通过最直接的方式实现，只要你心中有梦就会开花。

有次跟一个朋友聊天，说起拍电影，或许不可能实现了，但未来谁又能说得准呢？我没有机会拍电影也可以拍小视频，拍平面，摄影师说我的镜头感很好，是的，我是以一名演员的身份来要求自己的，用心地表达情绪和故事，把每一个镜头都当成拍大片。梦想也因此有了可以喘息的窗户，或许这是一种安慰，但至少让我感到快乐。

没错，我今天要讲的其实是梦想，这世上有五颜六色的梦想，但平凡的我们没有逆天改命的本领和运气，唯有不放弃，梦想才会转个弯和你遇见。

请不要叫我死跑龙套的，其实我是一个演员。

摄影：川　上

太阳又升起来了，新的一天还是和昨天一样，没有人给我机会。

可是命运其实早就安排好了，春天百花盛开，总有一朵属于我。

而我很用心很努力很能沉住气地把握了那次机会，从每月不到三千元的会计做起，三年做到财务总监。

那三年里，我几乎从世界上消失，不曾上网，也不和任何同学朋友联系。

——李婵娟

我在云南的日子

□ 李婵娟

我知道，在我的生命里，有一种永远的等待。

挫折会来，也会过去，热泪会流下，也会收起。

没有什么可以让我气馁，因为，我有着长长的一生！

在此期间，我相信幸福一定会来，因为，我是如此倔强的姑娘。

说起《倔强》，也不知道单曲循环过多少次这首歌了，那是我喜欢的歌手云朵自己创作的一首的歌。

开始我也没想到第一次听的时候会不知不觉流下泪来，听得一颗心紧紧的，大气不敢出一下。

虽然那首歌写的是年少时错失的缘分、错失的爱情、错失的某人，因为倔强而后悔，而我听见的却是对一去不复返的时光的流逝与感叹，以及对青春无限的执着和心痛！

“为什么我们都那么倔强？
说过的承诺已不再坚强！
哭了痛了冰冷地醒了，
痴痴地笑着，
曾经的未来已变成这样”

即便现实没有我预计的那样美好，但我也永远不会绝望！

我就是那种典型的鸭子死了嘴巴硬，打掉牙往肚里吞的人。

关于青春，以及曾经立志经商，富甲一方的庸俗梦想算是暂时破灭。

可我也没什么好后悔的，我总是固执地认为年轻的时候犯傻没关系，只要不犯贱就好！

想当初辞掉国企的工作，卖了房子，先斩后奏跑去云南时，家中老父差点被我气吐血，扬言要和我断绝父女关系，今后不许跟他姓。老头子倔，我更倔，一不做二不休，我说：“行，以后我跟我妈姓李！”

此后两年我没敢进家门，第三年奶奶去世，我回家出了一大笔丧葬费。

老头子不理我，我也没理他，任凭我妈妈咋劝我低头认错都没起半点作用！

看看我这丑性子还真是我爸的亲闺女啊！

还记得那是在一个月明星稀、乌鹊南飞的晚上，我偷偷溜走了。

还留下字条：孩儿立志出乡关，学不成名誓不还。埋骨何须桑梓地，人生无处不青山！

还很清楚地记得那天，虽然夜很黑、风很冷，可我却有一种马上要去当伟人的感觉，心里就是涌着一股气，

热血沸腾，一副不知天高地厚，不知人间疾苦，不知死活的样子！

后来可想而知，在昆明真的吃了不少苦头，此处省略一万字的辛酸史！

最惨的时候，行李被盗，钱也没有，身份证、毕业证、学位证等等都没有，工作也不好找！

最惨的时候，一天吃一个烤红薯，饿得前胸贴后背，幻想着像电视剧里落魄公子偷馒头！

最惨的时候，晚上睡公园的厕所。

那时头脑比较简单，逻辑分析依然强大！感觉女厕所不会有男人，也就不会遇见男人中的流氓。

那时胆小，不敢睡马路，更不敢讹人！

那时脸皮薄，也不好意思去街边写“求一顿饭”！

那时一身正气，想都未曾想过去当什么二奶小三求包养，更不会沦落风尘当什么花魁！

当然，现在从头来过，依然和那时一样！

失望与绝望在世界面前就是常态！

我十八岁时读存在主义，生吞活剥，学到的大概就是一点道理——

不论任何境遇，一个人永远可以选择！

所以可以失望，但永远不必绝望！

记得那时我把QQ签名改成——最穷无非讨饭，不死终会出头！

然后三年不曾上过网。可现实是战争中你可以流尽鲜血，和平中却寸步难行！没有身份证，没有学位证，说自己是重点大学毕业，别人也就笑笑，那种质疑的鄙视令人发怵，自尊心严重受打击！

再要强的人，再倔强的人，似乎总有一天会在碰得头破血流以后，幽幽地说一句：生活就是渐渐让你知道，自己输了。

我输了吗？

太阳落山了，黑夜来临时，没有人陪伴我！

夜里，我醒着，看天上没有星星也没有月亮，感觉黑山老妖正在靠近，可我没有至尊宝！

我也会瑟瑟发抖，心碎了一地，或者没时间去想还有没有心，以及心长在哪里！

最困难的时候我就特别思念亲人，最想最想的还是我家倔老头，想他骂我，想他凶我，想他用鞭子狠狠抽我！

我在心底翻江倒海地想念我的亲人们，但是我不敢跟他们联系，不愿意，甚至排斥对他们的思念。

因为我就是不肯让他们知道我过得不好，然后我在心里偷偷告诉自己这一切都只是暂时的，总会好起来的。

太阳又升起来了，新的一天还是和昨天一样，没有人给我机会。

可是命运其实早就安排好了，春天百花盛开，总有一朵属于我。

而我很用心很努力很能沉住气地把握了那次机会，从每月不到三千元的会计做起，三年做到财务总监。

那三年里，我几乎从世界上消失，不曾上网，也不和任何同学朋友联系。

至今QQ空间里还有闺密留言，从骂我气我到最后心急火燎到处打听我的死活！

也许那时，我从没意识到自己会渐渐老去，反正就是眼看着好不容易顺风顺水了，还要不断折腾！

人生要跌多少次跟头，才懂得安分呢？

我不知死活地又辞职了，不管老板如何劝，如何留，就像我亲爹当年那样苦口婆心。

当然他不会凶我，我任凭他咋说，就是吃了称砣铁了心。

最后他还借了我一些本钱创业（有利息，但不是高利贷）。

这次出来，起点不一样，我在南盘江边租了三千亩地，种玫瑰种葡萄种菜种树，还在树林里养鸡，一年下来，我成了又黑又瘦的小土豪，给弟弟妹妹都在武汉买了房。

好景不长，又遇见几十年不见的天灾，一夜之间又变成穷光蛋，从富变成负，欠了不少债！

车子卖了，房子在乡下卖不掉，天天有人来踢门讨债，最后沙发、家具都被搬走了！

本来想去新疆听云朵跨年演唱会也根本不可能了！

元旦那天，因为没米下锅，我就坐在门口喝风，突然看见远远又有债主上门，因为前几次差点挨打，我拔腿就跑。

虽然没啥力气，还是怕挨打，跑得飞快，那债主在后面追得上气不接下气，大声喊：“别跑了，我不是来讨债的。”

我停下来喘着粗气问：“那你是来干吗的？”

“今天过节，来喊你去我家吃顿好的，你跑什么跑啊，憨包。“

“大姐，怎么不早说，好久没吃肉了，嘿嘿。”

我笑着笑着，那位债主大姐却哭了……

生活不知道为什么如此之艰难，每当我感觉一切都快好起来，看到希望的时候，却又令人更失望。

现在的我虽然再次跌倒，但已经少了很多惊慌失措。生活再残酷，我所经历的一切虽然能让我在痛苦中涅槃，但是我不希望我的弟弟妹妹以及我未来的孩子也经历这一切，因为我心疼他们，舍不得他们也痛一次，都说痛令人成长，可是成长的代价太大，不是每个人都能向着积极的方向汲取其中的意义。

物极必反，否极泰来。即便如此，有时候明白与懂得又怎样呢？我们为我们失去的过程而痛苦，回忆因此而千疮百孔。有几个男人能真正接受一个千疮百孔的女人呢？一个女人，一个好好活着的女人，定当是惹人怜爱的女人，当是无忧无虑，幸福快乐常相伴的，而不该经历那些求生不得求死无门的伤痛。

谁都年轻过，年少轻狂，因为年轻我们有太多青春可以挥霍，有太多浪漫需要追逐，有太多不切实际的思想蠢蠢欲动，这就是青春。谁都能理解，即便回忆有太多苦与痛，我们依然觉得不枉此生。但是即便生如夏花般绚烂，繁华过后，只是一地扫不尽的零碎狼藉。

我从来不认为人生当如白开水般按部就班，做一个活死人，但是我们当懂得把握一个度，凡事适可而止。不停地追逐，完全不顾及身边人的感受，那样的人生不是夏花而是恶之花。人一般不可能灵魂出窍般来省视自己，那需要太大的智慧。而我们真正缺少的就是生活的智慧。

2014年3月13日在阿勒泰回忆云南

摄影：李婵

流浪的孩子

□ 李婵娟

刀郎唱了《流浪生死的孩子》，每次听都会不知不觉泪流满面。只因我也是流浪生死的孩子，外面的风雨再大，我早已不再害怕，只是那心底最疼最软的地方还藏着妈妈。我知道那千里之外的牵挂无时不在，可我却时常拿起电话又放下，或许你会流泪悲伤，怪我如此的无情，或许用默默无语的伤痛撕扯你的心。妈妈，请你不要哭泣，这世界哪里有人是永恒的依靠。我是流浪生死间的孩子，我决绝地离开，只因当初你选择我来，无常，一直都在。

第一次听刀郎的歌是在芍四叔家，他从新疆打工归来，整个冬天，村子的上空都弥漫着刀郎嘶哑的吼叫。那时候，只记得“你那火火的嘴唇让我在午夜里无尽的销魂”，便觉得刀郎都是唱流氓歌的，刀郎在我印象里就是四处拈花惹草的老流氓。

多年以后，我也开始听这个老流氓的歌，一发不可收。那些忧郁着痛苦着的爱情，全部在一场雪后绽放。

我想如果2002年的第一场雪，我也在八楼，我将以青稞酒的名义祭奠我的第一场爱情，不是在雪中哭泣，而是在雪中祭奠圣洁。

似乎我早已经忘记，然后永远孤独着，一生寻找着。而事实上，刀郎唱他的第一场雪的时候，我在重庆，那里没有雪花，只有火锅就着雪花啤酒。我和那个长得又帅成绩又好爱踢球会唱情歌的学长热恋着，在解放碑，在朝天门，那些在他背上过马路的情景，那些在嘉陵江边打水漂的情景，我一直都以为是最纯洁最美好的。而这种纯洁美好在他毕业以后彻底撕碎了，我以为是山楂树，他只当是百乐门。当他有了别的女人还回学校找我的时候，我狠狠地抽了自己几耳光，从此老死不相往来。多年以后想起来，连耳朵都会生疼。

关于青春，就是不断地犯错，但不犯贱。然后摒弃所有不美好的，留下美好的，我自欺欺人般安慰自己，然后闲时，在某个阳光灿烂的下午，把那些发霉的往事拿出来晒晒，像一个躺在摇椅上边打瞌睡边回忆爱情的老太婆。

重庆的四年，确实把我变得白白嫩嫩的，都说山城的水养女人，一点也不假。我想那时候，我应该是从来没有真正爱过谁，不然怎么会好得那么快，甚至在街头看见他们亲密的身影，心里没有一点痛苦的感觉，我觉得自己是没心没肺的女子。

周末，我没事就独自去磁器口陶吧做瓷器，以为在那转动的泥巴里有个鬼会对我情未了。毕业那年，我做了个蓝色的烟灰缸，送给了偶然认识的来磁器口玩的老乡——为了感谢他排队给我买了陈记的巧克力味的大麻花。我向来是不信命的，也不信鬼神之说，可是后来我相信那烟灰缸里肯定是有鬼的，不然，我不知道为什么擦肩而过的两个人在多年以后还能再遇见，然后开始无休止的纠结。

我是2008年来云南的，在磁器口听他说过大理的风花雪月。我固执地认为这么艳丽的词肯定包含着最美的风景。似乎是对雪的偏爱，在听见刀郎之前，我在梦里都盼望着风花雪月，期待着行走。在西部，那些偏远的山村，蓝天白云格外刺眼，一如我的家乡——武汉的郊区，我固执地认为没有比与父亲并肩铲雪更快乐的事了。

但是那与爱情无关，我并不与父亲谈论我个人的事，即使他偶尔让母亲试探着问我。

我是在父亲的鞭子底下成长的孩子，我挨的鞭子比弟弟更多。上高中的时候，我经常害怕去澡堂，恨不得穿着衣服洗澡，生怕被人看见自己身上青一块紫一块的。但我不怪他，如果不是他的鞭子，像我这样固执倔强的女孩子早就成了脱缰的野马。成年以后，我继续固执，继续犯错，继续我行我素。当我辞了国企的工作，准备去流浪的那天，父亲生气了，恨不得打自己。我宁愿他的鞭子还在，狠狠抽在我的身上，然后我可以理直气壮头也不回地离开。

在西南漂泊的日子，我时常怀恋父亲的鞭子，自虐到欠抽的地步。可是父亲的鞭子再也没有抽过我了，有一次我在云南的小屋子被大风刮倒了，我死里逃生，有惊无险，自己全没当回事。妹妹却说父亲为此和姑姑大吵了一架，怪她上坟时浇灭了奶奶坟前的纸，因此没有保佑我。我想起我曾经得了两次大病，医院都不收的情况下，父亲去求了两次符水，而我莫名其妙地活了下来。

我一味地寻找亲情在心中的沉淀，雪化的时候，我异常烦躁，如同丢失了爱情，这种折磨在刀郎的雪里更加凄哀。我想如果我能认识他，或许我也会早点踏上西行的征程，并大喝一场。在酒中飞奔，用大碗描述爱情的辛酸。一个苍凉的故事不需任何冰雪的怜悯，即使是一个人的感动。

如果在大雪纷飞的夜晚会有一只蝴蝶，我想它肯定是精灵，俯在我灵魂深处咒骂。有一天晚上，我从云南飞回武汉，街上下着大雪，我用一把黑色的伞挡住

了那些飘落的雪片。我承认脆弱是我的本性，就像我随时做好遗忘的准备。

那个夜晚，那个曾经说没有我就不能活的男人，在亢龙太子风光大办了他的婚礼，我在对面的街角看见这个曾经烟酒不沾的男人，在烟雾袅绕中一根接着一根，在宾客喧哗中一杯接着一杯……我便是他的初恋，他的真诚曾经让我无数次在梦中号哭着惊醒，我在医院手术台上割下胸中的瘤子，他送来汽水肉，粉嫩滑爽，那一刻，我想还找什么呢？这样的人，你不嫁，还想嫁什么样的呢？可是，我终于还是没能感动到最后，像我这样好了伤疤忘了疼的女人就该下地狱，上帝终于会派一个男人来收拾我，恶人终会有恶报。

2009年，我行走在昆明的乡下，在刀郎的歌里努力自立。不敢正视我曾经在雪中的挣扎，爱情与纯洁总会相撞。云南没有雪，如果有，那便是我心之纯洁。那时刀郎还在北方忧郁。但我却在南方的柔情里读到尊重，是爱情的命运，在南盘江的风浪里苦苦挣扎。

很多我认识的人都在唱或在听刀郎的歌，似乎所有的人都经历过或正经历着一场爱情的蜕变。同居的爱情时代在刀郎的歌声中变得扭曲，我不为自己担忧，我已经忘记自己是如何面对遗憾，在爱与不爱中祈祷。北岛说过，贫困是一片空白，自由是一片空白，情人的照片上，厌恶是一片空白，那等待已久的信中，时间是一片空白。

我走了，告别了所有的快乐与悲伤，只留下一片空白。传说雪是从天山飘出。我没有来得及去新疆，在看了《转山》之后，我更确定了要去西藏的想法，梅岭雪山像硕大的冰淇淋，若是见了就会此生有好运。我想我的好运该是遇见像王小波一样的男人。或者像三毛的荷西，一起流浪，一起深爱。

可是，谁又能确定在他乡，最穷无非讨饭的日子里，遇见一个有过一面之交的故人是好运还是霉运呢？如果开始是痛苦，那所有的痕迹用来说明什么？记录青春的飞扬？简直是谎言。

那个带走我的烟灰缸的男人果然是上帝派来收拾我的，他也爱听刀郎，他也想去西藏，要买一部四驱的越野车，带上我一起去朝圣。我觉得遇见爱情以后，我可以死了，在云南我见到了雪。后来我才知道，在香格里拉，十月已经下了雪，他在雪地里游走，衣衫单薄，给了我两个氧气瓶，我穿着厚厚的红色羽绒服在碧塔海边格外耀眼，他把我最后的青春定格在他的相机里，和一只松鼠一起。

如果刀郎不是深爱过，又怎会唱出那么动人的情歌："我搂你在怀里，装进我的身体，让你我的血液交融在一起。你确定看到我为你披上那温柔的羊皮，是一个男人无法表露脆弱的感情，我有多爱你，就有多少柔情，我相信这柔情定能感动天地。"

我的每一个细胞每一寸肌肤都曾经在他的歌声中颤抖过，我相信我的生命中肯定有那么一匹抛却同伴，独自流浪，流浪在戈壁，小心翼翼靠近我的狼。就像在丽江的清晨，我赤脚走在石头街上，脚的疼，忘记了心在跳。在四方古城里，流水潺潺，树影婆娑，他拥我在怀中，恍如隔世的梦。

事到如今，我依然是自由的，这也是我曾经十分向往的。我在云南是因为有些美丽的名字与自由相匹配，大理、丽江、香格里拉，DYING IN THE SUN。这里是死亡最好的归宿，张小娴说过，最美的风景也不可能老在那里，要老就老在爱人的怀里，他才是最美的风景。

自由意味着永远的孤独，心若没有栖息的地方，到哪里都只是流浪。

摄影：川　上

以从印度回来后筛选过的印象来看，“富人区”“乞讨者”和“神庙”是在乌代布尔让我感受最深的三个词，它们混杂组合在一起，让我想到了一个遥远古老的印度人——释迦牟尼佛。我并没有能力解释这三者之间的关联，但我直觉地认为他作为古印度迦毗罗卫国的太子，富贵自不必说，但他19岁时有感于人世苦恼，能舍弃王族生活出家修行，终能在35岁时在菩提树下证道成佛，被世人建庙膜拜，却也是经历了富裕、贫寒和被奉祀的三个阶段。

——林东林

印度的颜色

□ 林东林

一

如果来到达拉维，一点儿也不夸张地说，呈现在你面前的应该是这么一番景象：从密密麻麻的电线缝隙中望向瓦蓝瓦蓝的天空，你看见的将是一群群黑褐色的鸟，一会儿奋力地飞上云霄，一会儿又轻盈地冲向人间，振振有词地发出嘎嘎的叫声，那是被中国人视为不祥之兆而此地俯拾即是的乌鸦；穿行在垃圾遍布的空地和街头，最显眼的是雪白的牙齿和一闪即消失在人群中的笑容，那是追打嬉闹和玩板球的孩童；而牛粪、垃圾、猫狗、小摊、食物、香水、皮革、汗臭、奶茶融合在一起，又融合成你的嗅觉经验中前所未有、可以不断拓宽嗅觉阈值的一种味道，那来自全亚洲最大的贫民窟。达拉维，这里是孟买的达拉维，全亚洲第一大、世界第二大的贫民窟，仅次于里约热内卢的罗西尼亚贫民窟。在这片不足1.75平方千米的土地上，生活着一百多万最低阶层的人们和已经脱离了贫穷阶层却也不愿意搬离的人们。除了和达拉维有关系的人，孟买这个全印度最大城市和最大海港，每年还有无数梦想着咸鱼翻身或放手一搏的人潮水般地挤进来，初来乍到，人地两疏，他们有些寄居在亲戚家，有些睡在廉价的旅馆和脏乱的街头，而有些就住进了达拉维。

虽然对印度这个国家有足够的阅读和想象——那是甘地的印度、泰戈尔的印度、奈保尔的印度、福斯特的印度、佛陀的印度，但在去年年底当我第一次来到孟买，经过八个多小时的飞行，在凌晨一点多俯瞰这座灯火辉煌、被海水拥抱，犹如安睡在梦境中的城市时，第一个从我头脑中冒出来的词语，竟然是“浪漫”——是的，也许在凌晨的红眼航班上俯视最苦难的人间景象时，你所得出的代表着你印象的那个词语依然是“浪漫”。但是当机翼越来越贴近地面，当你透过舷窗越来越清晰地看到零落的街头和昏暗的灯光簇拥着低矮的棚户，当起落架有力地碰触到土地的那一刻，你才会惊觉自己暂时成了这座城市的一部分，而棚户区却永远置身于此。事实上，第二天的达拉维之行很快就打破了我对“浪漫”缺少现实生活基础的理解。在一个谙熟当地境况的向导的带领之下，我们穿行于达拉维纵七横八犹如迷宫般的底层百姓生活现场：狭窄的小径，逼仄的楼房，破旧的门楣，幽暗的房间，脏乱的户外，无处不在的垃圾和人畜粪便，以及小作坊凌厉刺耳的机械加工噪声和极臭的皮革处理味道。

人不是动物，但是在达拉维，最多的动物一定是人，最多的人是小孩。我们每出现在一处，莫名其妙地就总会从四面八方涌出一群衣着脏乱、眼神明亮的小孩，伸出本来就很黝黑又加上布满灰尘和油污而更显得黝黑的小手，身前身后地叫嚷“money，money”。在打发完小丐帮进入下一个狭窄的胡同时，一转弯看到的就是在家门前咧着嘴刷牙、牙膏沫横飞的小孩，旁边是在路中间的锅灶边争抢鱼下水的几只流浪猫，在布满生活垃圾和还燃烧着废旧塑料的空地一旁就是他们晾晒衣服、埋锅造饭、劳作休息的家。的确，如果用一种颜色来对应的话，达拉维是黑色且只能是黑色的，既有在生活上毫无出头之日的精神上的黑色，也有破旧幽暗、极其脏乱的物理上的黑色——稍微衣着干净的人走过时一定会被那样的环境衬出来，因为与背景的差距实在太大。这种与人类正常生活条件有着极大差距的现状，让几位同行者不禁骂起政府的不作为和当地人熟视无睹却无意改变的惰性，一路同行的画家梁占岩说：“上帝看到了是会哭的。”而转完半个达拉维，说实话，我跟同行的人大概一样，也暗暗生出了一种对比之下的幸福感。在冬日依然强烈的孟买的烈日之下，我们来到达拉维街头。而事实上对一个地方最好的观察方式，我觉得就是来到街道，驻足形形色色的人群之间没有目的地地左看右望，可以用眼睛看，也可以用相机镜头看。比用眼睛更好一筹的是镜头，用镜头捕捉到的每个人都是主体，都有着更为清晰的容貌、表情和动作细节，而在眼睛中他们和它们则会淹没于人山人海。在我的镜头中走过的是形形色色的达拉维人：接送孩子放学的穿着明亮纱丽的母亲，开着布满涂鸦、色彩缤纷的出租车司机，用头顶着一竹筐酒红色小陶瓷碗在车流人海中行走的妇女，在街角阴凉处翻了一个身又沉沉睡去的老乞丐，还有守着店铺喝着奶茶看着报纸的小商贩……

站在一个优越的外来者的角度，达拉维的生活或许并不能称得上是生活，最多是生存，但从他们一闪而过的表情中我读出的两个字并不是“苦难”，而是“安静”，这种安静并不一定是沉默，而是安乐于自我的现实状态。即使到处是脏乱、提供了滋生疾患和病菌的土壤，即使老鼠旁若无人、大摇大摆地过街，即使生活依然只停留在生存的层面，但他们可以任心自由地成为自己，哭或者笑，贫穷或者暴富，都不会有人报以艳羡和嫉妒，因为这些都是生活的一部分，而他们仍然要为梦想到来之前的生活去努力。这当然可以从印度教或者佛教的宗教信仰中找出解释理由，不过在宗教之外，不能忽视的、事实上对他们影响更大的成分也许是传统——生活传统和文化传统。作为生于斯、长于斯、很可能还要死于斯的贫民窟人，他们中的大多数都在这里生存/生活了三代以上，事实上已经有不少达拉维人在这里靠着廉价的劳动力和聪明的头脑发了财。生产皮革，制陶，纺织，做小吃，成为百万乃至千万富翁，他们虽然有能力但依然不愿意搬离达拉

摄影：林东林

摄影：林东林

维，对他们来说离开这里或许就是离开了一种已经浸润骨心的生活方式和一种混乱中只有他们自己才能领会精要的生存秩序感。所以，一切外来者初来乍到的谩骂诟病、悲悯同情、痛心疾首或恨铁不成钢，都是跟自己或者理想中的标准在做比较，而对达拉维人来说其实不需要。事实上重返孟买的奈保尔在《幽暗的国度》中就曾说过，“你的惊讶、你的愤怒和不平，反而剥夺了他们身为人所应该享有的生活权利”，“在这样的地方，悲悯和同情实在派不上用场”。他们并非不向往改变和梦想，或许这种改变并不是革命式地跟过去决裂，而是蚂蚁搬家一样地改良；或许这种梦想也不是今晚买个彩票明天就能中大奖，而是靠着积累和努力并不背叛自己地戴上王冠，就像《贫民窟的百万富翁》中的街头少年、穷小子贾马尔。

在用镜头扫视完一圈街上的行人之后，我注意到身后那个倚着门框、穿着一身明黄色裙子、梳着长长的辫子、出神地望向街头的妇女，她就那样定定地往外看，她身边的橱窗门板上贴满了各种美容美发美女模特的海报。我不知道她在看什么，或者她什么都没有看，只是呆呆地出一会儿神，但也许那就够了，再严酷压抑、生存交困的现实也总要允许人们做一做天马行空、无伤大雅的美梦。就像在达拉维街头拍完照片要抽根烟时，我发现已经用完了最后一根火柴，而那个缠着头巾闲坐在门前的老汉竟跑过来借给了我一支打火机；就像后来我在整理照片时发现在达拉维所拍到的最多也最让人难忘的是那样一些场景：无论小孩子还是大人，都在窗户背后用力地向外寻找着什么。大概在某些并不经意的时刻，我们都会在粗粝顽劣、不入法眼的浅层表象之下一眼瞥见令人惊讶和振奋的东西。而你能选择的，也可以不是看见遍地的垃圾和脏兮兮的人群，而是望向达拉维上空干净的蓝天，直至把它望穿；你愿意认识的不是那些伤害你、给你使绊子的人，而是那个给你递打火机的老汉。置身于困厄现实但又不放弃梦想的善良人海之中，突然间你会觉得生活很美好。

二

如果说达拉维是黑色的，那么在印度所去的第二站——乌代布尔，则属于一个完全相反的颜色：白色。这座沙漠中的白色之城，在遥远的公元448年，由它当年的主人乌代•辛格一手缔造。整座城市到处都是刷得雪白的建筑：大理石宫殿、湖畔花园、庙宇和传统住宅。它们以漂亮的皮秋拉湖为中心点，渐次往四周缓缓展开。的的确确是印度风格，又的的确确一点都不像是印度风格。出现在这里的人，大多数都是全印度的富人阶层和全世界各地的游客。日本人、美国人、欧洲人，当然也有不少像我们这样的中国人。当我们到达乌代布尔的城市中央皮秋拉湖畔时，天色已经暗下来。落山的夕阳透过云层形成一片绮丽的绯红色，洒在远山和皮秋拉湖面之上，让在湖面中载客摆渡的快艇和小船一时犹如置身于梦境之中。这样的景象能在印度看到，在去印度之前是难以想象的，甚至在坐车穿过大半个乌代布尔时都难以想象。一路上两边低矮的楼房、泛黄枯萎的群山和与别处并无二致的街景，让人并不知道这座城市被誉为拉贾斯坦邦乃至印度最浪漫城市出于何由，但是等你在皮秋拉湖畔停下来，等你看到一群在湖边石级上奔跑而过的长尾猴，而那些长尾猴背后是那样的水波漾荡、绮霞远山时，你终于会意识到乌代布尔并不愧于所称。

但我在乌代布尔感受最深的还不仅仅是浪漫。虽然第二天参观由皇宫改成的博物馆时，站在之前只有王公贵族才能登临的眺望台俯瞰这座白色之城时，让人感受到的的确是震撼；虽然在下榻皮秋拉湖面上由皇宫改成的豪华奢侈酒店时，酒店入口处的确有鲜花从天而降，第二天醒来有成群的鸽子绕着窗前飞；虽然什么地方也不去即使只待在楼顶晒晒太阳，看着日光在水面上静静地流逝也足以让你觉得来一趟很值得。不过这样的属于生活层面的大众式的浪漫于我而言可能还缺少了一点什么，而一开始我也并不明确地知道缺少了什么。第二天下午去参观位于皇宫博物馆后门的加格迪许神庙，这座乌代布尔最大、香火最旺的耆那教神庙建造于365年前，外壁上布满了精美绝伦的白色石雕，庙前半人半鹰的雕塑为神

摄影：林东林

摄影：林东林

庙守护者、三大主神之一的毗湿奴，但是我并没有随同行者进去参观，而是坐在庙门正对面小店铺前的石级上注目街头。与神庙相比，我更想看到的是与神明相对的、被诸神护佑下的众生的日常，如果宗教有用、神明显灵，那么体现在他们步履、衣衫、脸庞上的作用力才是最真实不蔽的，而庙台高筑、神像高耸只不过是神明自己的道场。正值放学时分，一群群穿着深蓝色校服、白色衬衣的男女学生或搭乘拥挤的巴士离开，或骑着十六七岁的单车徘徊在街头。而夹杂在这些衣着干净的学生中间的，是一个七八岁的小女孩和她三四岁的妹妹，赤着脚，散着发，还没有懂事的姐姐抱着更加不懂事的、裸露着黝黑肚皮的妹妹，而走在她们前面的是一个怀中抱着更小的孩子的三十多岁的妇女——她们的母亲。等来到身边时我才辨认出来，原来她们一家四口是乞讨者。而另一个乞讨者是一位六七十岁的妇女，裹着一身深红色的纱丽，拄着一根暗黑色的拐杖，手中捧着一个盛钱的锡碗，认认真真地向我身边的白人嗫嚅着以求得到怜悯和施舍。

而在加格迪许神庙前的一处一人多高的平台上，还躺着一个穿着白布衣衫、蓄着长长的花白胡子的老者。他一会儿拄着一根锡杖一样的东西坐起来吃东西，一会儿又旁若无人地在脚底有一排神像的平台上睡去。如果牵强附会一点，也许可以说他做到了孔子虽说得出却未必做到了的“饭疏食，饮水，曲肱而枕之，乐亦在其中矣”，谁知道呢？即使他自己。在我端起相机、努力想抓拍到他的表情细节时，神庙前面的一家民居楼顶忽然飞起一大群鸽子，遮天蔽日地飞掠过头顶上空的蓝天，不知道是我的快门声还是他的鼾声惊起的。如果说达拉维最多的鸟是乌鸦，那么在乌代布尔最多的鸟则是鸽子。在这个城市大大小小的角落都有鸽子的身影，无论是乞讨者的头顶上、神庙的上空还是皇宫酒店的屋檐上，它们不分贵贱地停落在每一处能停落的地方。鸽子象征着和平、平等和圣洁，但是在白色的、浪漫的、富人区的乌代布尔，一样到处都充满了底层百姓的挣扎和生活苦难——虽然当事人未必觉得是，在他们看来或许修行不够、命该如此更能解释现实。除了加格迪许神庙，在乌代布尔我们还去了另外三座神庙：纳格达神庙、埃格灵吉寺和千柱神庙。历史悠久、庙堂恢宏、雕刻精细是它们的共同特点，清真风格的埃格灵吉寺和千柱神庙都是白色的大理石材质，进门之前都要脱鞋致敬，规矩严明的埃格灵吉寺甚至还不准带相机和手机；雕工不精的千柱神庙吸引我的并不是建筑和宗教，而是停车场中那群嬉戏耍闹、和游人要食物的长尾猴，其中的两只甚至还蹲在阳光中表现出非常人性的一面：一只猴子扒着另一只猴子的头顶在给它捉虱子或者挠痒痒。而纳格达神庙如今已成遗址，西风残照之中尤有历史和宗教调和出来的让人不禁想顶礼膜拜的意味。

以从印度回来后筛选过的印象来看，“富人区”“乞讨者”和“神庙”是在乌代布尔让我感受最深的三个词，它们混杂组合在一起，让我想到了一个遥远古老的印度人——释迦牟尼佛。我并没有能力解释这三者之间的关联，但我直觉地认为他作为古迦毗罗卫国的太子，富贵自不必说，但他19岁时有感于人世苦恼，能舍弃王族生活出家修行，终能在35岁时在菩提树下证道成佛，被世人建庙膜拜，却也是经历了富裕、贫寒和被奉祀的三个阶段。不知是否是心理暗示，事实上，在从千柱神庙回乌代布尔的途中，看到空无一人的、满山遍野中的那些在阳光下笼起一团树荫的树木，让我不时想起的也是菩提树下的佛陀。佛与人之间，究竟相隔为何？我坐在乌代布尔比别处更亮一筹的阳光下，看着波光潋滟的皮秋拉湖面上飞起来的水鸟和远处层层叠叠的白色建筑群，想起一位同行者在看到纳格达神庙墙壁上那些近似于欢喜佛的雕像时说的话：“神也是要繁衍生命的，没有生命神庙都不要谈，何况繁衍生命也是一件挺快乐的事儿！”后面这半句是他的玩笑，他刚说出口就引起了一阵哄堂大笑，但也许他说的是对的，命是第一，佛是第二。活着，用力认真地活着就是在成佛的路上。在神和人之间，看似相隔山远水远，其实有可能只是一念之间，富裕和贫穷、施舍和乞讨、生和死、邪恶和良善大抵就是一层纸的距离。而谁又能说，我们这些貌似幸福优越的人会比乌代布尔街头的乞讨者和睡在寺庙平台上的无家可归者真正更幸福，会比他们更接近佛呢？更何况，从认真和虔诚的层面而言，很多时候我们活得其实远远比他们更糊涂潦草，更不接近本质，更不像个人！

三

就色彩来说，其实在印度最常见的颜色是五颜六色。就像在泰国，就像在尼泊尔，就像在柬埔寨，就像在南亚、东南亚国家一样，大部分地区都位于热带的印度其实到处都充满了明艳、亮烈、大对比度的颜色，大红大绿大黄大蓝，无论是蔬菜、瓜果、绿树、蓝天、宝石这样的自然色还是服装、建筑、颜料、图案上的人为颜色，大面积的强烈撞色和对比色都让人眼花缭乱。而形成这种风格，我不知道究竟是因为地理位置还是宗教信仰，然而有一点可以肯定的是，外在色彩上的奔放热烈和他们内心深处的安宁简单形成了一种迥异的反差，而我们则可能正好相反。我喜欢简单的颜色、最基本的颜色，在印度缤纷琳琅的五颜六色之外，在经典的黑色和白色之外，我偏爱的另一种颜色是黄色——印度人没有特别忌讳的颜色，他们最喜欢的也是他们三色条国旗上的那种橙黄色。但是事实上，在一个到处色彩明艳的国家之中并不那么跳脱的黄色并不容易冒出来。在大街上你能看到出租车的车顶是黄色的，挎着真枪实弹的保安和警察的制服是暗黄色的，贫民区空地上裸露出的土壤是黄色的，如果幸运，与你迎面走来的妇女的纱丽或衣裙也是黄色的，除此外黄色并不多见。而我看到的黄色都不属于这些，而是属于印度的农村。准确说，是属于我见过的两个村庄，一个位于从千柱神庙回乌代布尔的路上，另一个位于从阿格拉回德里的路上。

第一个村庄大一些，看上去更像一个公路边的小镇，街道两边有一些水果摊、理发店和小超市之类的。看到我们从车上鱼贯而出，村里的人显得既新奇又热情——在国外我们也终于当了一回老外。同行的几个艺术家们支开画架和笔记本开始写生，我则一个人到村头去胡乱转悠。第一眼的印象就是像来到了黄土高原，漫天漫地的土黄色，墙壁是黄色的，堆砌成一垛的喂牛喂羊的稻草是黄色的，晾晒在矮墙上的一排排牛粪是黄色的，而远处的旷野和枯树也是黄色的。两个蹲在矮墙豁口上聊天的男人大老远就伸着手跟我招摇，而在他们身后则是两个穿着亮丽的妇女一前一后正顶着东西走出田地——如果不是因为衣服的颜色，你甚至很难辨认出那竟然是两个人。真正逛起来，深入到村中那些曲里拐弯的巷子里，你才发现印度的农村其实没有那么印度，一点也不印度，而更像是回到了国内那些偏远地区的农村，简陋，原始，那是同一种基于生存本能聚居起来的地方。

与第一个村庄不一样，我们在第二个村庄几乎停留了半个下午，并与村头的几户人家以及一大群孩子们打成了一片。我们为他们铡草，和他们打板球，借助手忙脚乱的比画和蹩脚的英语——他们也借助蹩脚的英语——和他们聊起家长里

摄影：林东林

短。而在看到一个妇女抱着婴儿走过来时，同行的一个姐姐甚至还掏出了1000卢比做礼物——对当地人来说那几乎是他们一个月的收入。在这个村庄中最主要的黄色是牛，一头头黄牛就拴在村头的石槽上，一边安安静静地盯着我们一边若无其事地吃草。而在黄牛背后的红褐色砖墙上则爬来了两三只浅黄色的松鼠，在墙壁上不断爬上爬下地寻觅着能吃的食物。临走的时候，刚在打板球的一大群孩子围拢过来，熙熙攘攘地挤在大巴车门前，每过来一个人他们都伸出脏兮兮的手来握，而我们的同行者中有大部分人是不愿意伸出手去的。

等我在大巴上坐定的时候，一个穿着浅蓝色衬衣、戴着黑框眼镜的当地少年，还在眼巴巴地朝我望来。我跟他挥了挥手，却没见他有任何回应，挥过几次后才发现是我自作多情了。他的目标是坐在我身边的大美女宋林倩，他热切地挥手企盼她能有所回应。坐在前排的一个艺术家回头开玩笑说："一定要跟他挥一下手，说不定他是把你当成初恋情人呢，你要知道你的一挥手对他的一辈子影响有多大，在他心里就留下了一个最好的回忆！"在宋林倩转过身来朝他挥手的那一刻，我分明看到了那个少年嘴角露出的一丝满足。是的，如果不是艺术家们要坚持下车写生，估计我们一辈子都没机会去印度的农村看看，而全世界各地前往印度的各色游客估计也不大会去那里。对绝大部分当地人来说，他们在家门前看到那么貌似优雅的、漂亮的、与他们境况有天渊之别的老外的机会几乎为零。他

们看不到那么多的来自另一个世界的、让他们充满想象和憧憬的五颜六色，而只能与大片大片的、无处不在的、视若无睹的黄色为伍，他们要在那样的颜色中出生，长大，并在那样的颜色中老去和死去，来于那样的黄色，又归于那样的黄色，一辈子都跳不出那样的黄色。而更让我感叹的，是在印度自杀的那些农民。据说自1995年以来，在印度全国自杀的农民已经超过30万人，几乎是平均每30分钟就有一人自杀。而在去年，印度北部城市马图拉的2.5万农民更因为土地遭强制征收建设戈库尔拦河坝、抗争求偿17年未果，于是请求总统拉纳布·慕克吉批准他们在印度第69个独立日——8月15日这一天集体上吊自杀。在全世界范围内没有一个国家的农民像印度这样，以自觉自愿的一死而一了百了，你可以说这是他们最无能、最窝囊、最不值得的方式，然而那又何尝不是最决绝、最节烈、最有尊严的方式？而当他们自杀时，我相信所有的黄色都会在一夜之间变成白色。

摄影：林东林

可能是因为出生于河南农村的缘故，对于黄色我有一种天然的亲近感和一种挣扎的逃离感。那是我最熟悉的颜色，也是我的父祖辈最熟悉的颜色，甚至在我还没来到这个世界之前，就从基因里被打上了那样的颜色。从我出生一直到成人，事实上我的父母就一直在那样的黄色中佝偻着从土里谋生，而每年的夏季我还会跟着他们在那样的黄色麦浪中参加收割。在我被鼓励被要求着离开那片黄色多少年之后，我的父亲终于被埋葬进了他一辈子都没离开的那片黄色之中，那是他躲不开的颜色。而在印度的那两个村庄，在印度更广大的许许多多的村庄，像我这样的背负着黄色走出黄色的少年，有一个、两个、三个直至无数个，在某种程度上我们也许是同命相连的人。黄色，黄色，那是最卑微的颜色也是最高贵的颜色，那是土壤的颜色也是帝王的颜色，那是皮肤的颜色也是内心的颜色，那是黄牛的颜色也是稻草的颜色，那是夕阳的颜色也是朝阳的颜色，那是灯光的颜色也是点亮灯光的手掌的颜色。对于印度的这两个村庄，对于黄色，与其说我感叹的是那些村民的命运，倒不如说我是在借着他们感慨自己的命运。而将“我”的意义放大来看，其实每个人和每个人的成长色、背景色、保护色，大概也都存在着一样的心路和命运吧！

如果以短短的十天之行来概括一个国家，那一定是徒劳

无益且粗浅浮泛的。事实上，我也不想为印度去下一个具体结论，只是想坦诚我模糊、混杂、偏颇、矛盾、零碎、私自的印象。无论是黑色的达拉维、白色的乌代布尔还是黄色的印度农村，在回来两个月后它们碰撞混合在一起，组成了一个叠加的印度，它在我心里呈现出来的是一种这样的印象：那既是最脏最乱的地方，也是最具有生活秩序和自我传统的地方；那里既拥有崭新的现代感和国际感，也根植着遥远的落后、原始、历史、文化和宗教；那里既沉迷于浅尝辄止和裹足不前，又在步履蹒跚之中摸索着踽踽前行；那里既不乏大批消失的人群和死亡的气息，同时也富于培植鲜活生命的底层元气。黑，白，黄，这三种颜色就像是印度的三原色，它们既组合成了印度光一样的简单，也组合成了它万花筒般的复杂。事实上，要了解进而理解一个国家和组成国家的万千细节是极为困难的，更何况在置身之前我们早已怀揣鲜明的、持久而深入的成见，即使直面相见，也无非是加深或削减而并不能消除殆尽。

早在20世纪80年代初，英迪拉·甘地就曾对一名前往印度采访的英国记者说过这样一番话："如果你想知道些关于印度的情况，必须掏空心中所有的先入之见，不要试图作比较。尽管惹人气恼，但它情愿一如既往，我行我素，这就是印度的秘密：全盘接受生活，无论善恶。"这样的印度，我想既是达拉维也是乌代布尔，还是印度的广大农村；是黑色，也是白色，还是黄色。而无论印度的哪里，无论印度的什么颜色，它们最后会合成的就是印度自己。世相万花，赤橙黄绿青蓝紫，其实并没有哪一种比哪一种更好，红未必甜，紫未必涩，而黑也未必就苦。光分七色，十天的印度之行走马观花，我也只是粗浅地看到了它的黑色、白色和黄色——而黑色、白色也并非七色。即使铺开印度的光谱，从富贵到贫寒，从南端到北国，种种都能看到又能如何，又该如何？最后你也许会发现一个真理：光谱并不能照耀万物，只有光才可以，赤橙黄绿青蓝紫属于我们，而光则属于印度。

当“祖”与“王”被铭记
被供奉，他们便成为传统
他们再一次成为“上”
当树在地上成长
当树在泥土中吸取到他们的养分
他们便沿着树的经脉来到阳光下
成为金枝

——川 上

有 生

□ 川 上

（1） 上下

上 古体的写法是一长横上面有一短横
下 与上正好相反
上与下都与“一”有关

一是边界 是地平线 衔接阴阳
一是爻 是变之轫 连着凶吉
一是嘴唇间的缝隙 轻轻地开启 便是言说
更大地开启 接近零

零即是无
无即是道
道生一
一生上下

与“上”同构之字是“且”
“且”就是“一”在“一”的上面立着
是象形 是先民对于生殖的崇拜 是“祖”
是开端

摄影:川　上

而“下”是什么呢
“下”是泥土　是深入到泥土中的根须
是一棵树埋藏在泥土中的部分

弗雷泽的《金枝》中写到一棵被守候的树
在湖畔　在庙堂的庭院中　有一棵树
它枝繁叶茂　长满金枝　它的守候者是王
王是凶悍的　他有着盖世武功
而王终究也是要老去的
如果谁从这树上摘得金枝
谁就有了弑王的资本　弑王者便是新的王

——树是神奇之树　王是已死或将死之王
树的神奇在于　树是贯通上下之物
它越是枝繁叶茂　越是接近天空
它的根便埋藏得越深

“祖”与“王”则是以另一种方式深入到泥土的
当他们老了　当他们走到终点　他们便成为土中之物
成为泥土　他们终于从“上”到达“下”

而这并非全部

当“祖”与“王”被铭记　被供奉　他们便成为传统
他们再一次成为“上”
当树在地上成长　当树在泥土中吸取到他们的养分
他们便沿着树的经脉来到阳光下　成为金枝

（2）门

“门：闻也，从二户，象形。”
由内可闻于外，由外可闻于内，谓之门。

门与听有关，与言说有关。

张志扬先生曾谈到过门——
他说：当夏娃用一片叶子挡住她的阴户时，世界有了第一道门。

此门为禁止之门，此门亦为诱惑之门。这可视为一个开端，
人就是在这一刻，因了这门而降生为人。

同样是在《旧约》中，我们见到另一道门——人子聚于巴比伦，
他们说：来吧，让我们建造一座塔，塔顶通天，为要传扬我们的名。

这是人的第一次抵达“天门”的梦想。
这梦想半途而废，因为神的制止。

神制止人的方式是“变乱口音”。
“变乱口音”的结果是——你可以说，但我已不能听。

不可闻，则无门也。关于门，这是永恒的寓言。

有趣的是，在汉语中，有一个字与“门”有关，此字为“阊”。
“阊”的意思是“天门”。而楚人名门皆曰“阊”。

（3）卜

卜者，噗也。

卜就是占卜。而“噗”只是一种声音。

最古老的占卜方式是这样的：

拿一根烧得通红的铜棒，按一定的向度

摁于甲骨之上，这甲骨因了铜棒的温度而出现裂纹，

与这裂纹的出现相伴随的是这样的响声——“噗”。

这“噗”是甲骨所说出的话；

这“纹”就是道路，指明的是方位，蕴藏凶吉。

而我们见到的这“纹”，可能就是我们所能见到的最早的文字。

（4）端午

端午即端五，“端”即开端，“午”又与“五”相通，按地支顺序推算，五月正是“午”月。五月五日，月、日都是五，故称重五。又因午时为“阳辰”，所以端五也叫“端阳”。

作为一个节日，端午正是以正午为节点的。回家团聚的人，走亲访友的人必须在正午前到达。

中国人的节日都是要讲一个节点的。

中秋的节点是午夜月圆时，除夕的节点是岁月交替的那一刹那。

除夕最明确的字面含义是送，决绝地送。一个“除”字隐含着我的国人的豁达的时间观甚至是生死观。

“除”是“减”，时光就要逝去，我们将从我们所要生活的短暂的岁月中减去一个“一”；

"除"是"舍",既然时光已经逝去,我们也就没有必要去过多地纠缠,而是要有"舍"的勇气。

过去的也许很美很好,但不一定是最美最好,所以"除夕"还有一个意思就是"迎新",迎接一个新的开端。这里面显然隐含着自信。

那么,端午呢?端午是一个开端么?

端午处在春夏之交的时间点上。

春天显然是美好的,但春夏之交历来都是多事之秋。

春天阳气上升,但阴气并未散去。

春天是五毒滋生的时令,阴阳的交战在端午激烈地展开。

所以我们必须把艾草、菖蒲插上门楣。

同时端午又是龙就要发出它的吼声的时候,连绵的梅雨就要来临。

所以我们在江河中撒下粽子,对这龙敬之以礼;而江河湖泊中隆重的划龙舟比赛更像是对这龙的一种威慑。

端午作为一个开端还在于这是一个这样的时节:

小麦刚刚归仓,夏种刚刚开始,现在我们祈祷一个好的收成。

西方人的节日是以生命为本体的,所以它是诞生,是爱,是救赎,是感恩,是死亡,是复活;

中国人的节日是以自然的变迁与人的生存相融合的。所以在中国人的节日中我们清楚地看到时光的流转,四季的更替。

中国的节日是"时间的节日",是的,"时间"。个体生命都只是时间中的一份子,所以个体生命不会轻易站到时间之上。

因此,中国人的节日大都与某个具体的个体生命无关。

然而,有一个节日例外,那便是端午。

我们知道,很久以来,端午与一个诗人紧密地联系在一起,那便是屈子大夫——屈原。

这更可能是一种机缘巧合——首先是屈子选择了端午,他选择了在五月初五这一天结束他的个体生命。

摄影:川　上

摄影:川

屈子选择结束自己个体生命的方式是投河，是与水融合在一起。

他从水里来
就一定要
回到水里去

这是我多年前因屈子而写下的诗句。

屈子的诗孕育着一代又一代的诗人。

很久以来屈子已成为我们这片土地灵性的化身，而他同时又代表着这土地的爱与良心。

所以，历史选择了屈子。

把一个节日送给一个个体生命，这在中国历史上是少有的；

而作为一个诗的民族，把一个节日送给一位诗人，便是对诗与诗人所给予的最高的礼仪。

（5）个人的牢狱

“感：动人心也。从心咸声。”
这是《说文》给出的简短的解释。

而我所感受到的首先是它的“咸”——有一种感觉是
酸的、咸的，它时常在我们心中涌起。

——因感而动而落泪。

此刻我便是在落泪，因为一部电影，
因为电影中所传来的歌声，天籁般的歌声。

这是在《肖申克的救赎》。
安迪因为受到“杀妻及妻之情人”的指控，被判终身监禁。

"肖申克"是一座牢狱。如果安迪不能完成自我的救赎之道，他便只能在此度过他的余生。

"肖申克"是现实的牢狱。安迪在进入这座牢狱之前，是一家银行的副总裁，但体面、光鲜的职业并没有给他带来更多的快乐。"一切都被制度化了"，有谁能够说职场不是现实中的另一种牢狱？

安迪本来有一个美貌的妻子，他们有过一段称得上浪漫的爱情，在外人看来，他们的婚姻也应该是美满的。然而火焰总有熄灭的时候，在婚姻中，更多的时候，可能是寂寞的。他的妻子没能守住这份寂寞，她移情别恋了，甚至是在他的眼皮底下做出苟且之事，全然置他的感受于不顾。那么，这婚姻算不算现实中的又一座牢狱？

安迪有罪么？安迪并不是"杀妻及妻之情人"的凶手，他被判有罪，只因为他有杀人的动机、计划与时机并由此引导出检察官看起来十分合理的推论。从这个意义上讲安迪是无辜的。然而，这无辜并没有减轻安迪内心的痛苦与悔恨。他知道：他是有罪的。正如他所说："是我的疲惫、冷漠把她从我的身边推走的，是我把她推向了另一个怀抱，是我间接地杀死了她。"

这里便存在另一座牢狱——心灵的牢狱。

喜新厌旧、怀疑、自闭、贪与嗔、孤独与恐惧、傲慢与偏执，这些可能就潜藏在内心。这在某种意义上来说便是不能被轻易看见的牢狱——心灵的牢狱。

安迪能够实现他的自我救赎么？他用十几年时间所挖的那条隧道真的能够让他远离牢狱么？我看未必。

此刻，我想起剑男兄的诗句："你以为哪里不是监狱？"

……

然而，绝望是没有必要的。至少，还有歌声。

当歌声响起的那一刻，我抑制不住流淌的眼泪。

那是在"肖申克"，一座现实的牢狱。

当歌声响起，那些人，有罪的或无罪的人都停下手中的活，在太阳底下站立。

他们在听。

他们可能并没有听清“那个意大利女人”唱的究竟是什么，但这并不妨碍他们内心的感动。

那声音纯净，仿佛不是出自喉嗓，仿佛从天降临。

（6）把你的手松开

禅宗有一道著名的公案是这么讲的：

一个劳碌、奔忙的人有一天一不小心摔下了悬崖。

在危难的那一刻，他的手在空中狂抓，他抓到一根野藤，他被悬置在空中。

他的脚底下是万丈深渊，而他抓着的那根野藤因为他身体的重量已发出“吱吱”的声响，随时都可能断裂。而就在此刻这人看见了佛陀，站在悬崖上的佛陀。

生的希望出现了，这人说：佛啊，请你救我！

我佛慈悲，佛陀说：我可以救你，但你必须按我所说的做。

这人急切地说：你快讲吧，我必听从。

佛陀说：把你的手松开。

这人万万没有想到佛陀说出的会是“把你的手松开”。

因为他的脚底是万丈深渊，他要是一松开，他想，等待他的就一定会是粉身碎骨。

他怀疑了，恐惧了，他的手把那根野藤抓得更紧。

佛陀站在悬崖上摇了摇头，转身离去。

这道公案让我首先想到的一个字是“信”。

一个身处绝境的人，一个需要被拯救的人，是最容易病急乱投医的，而这又往往会使他们在灾难中越陷越深。而那位被悬置在悬崖下的人是幸运的，因为在那一刻，他看见了佛陀。

而最终阻止他得救的却是一个“信”字。

他不相信他抓着野藤的手能够松开，他更不相信他不能得救是因为他不愿意把他的手松开。

然而，对佛陀而言，“信”是必需的前提，他可以度一切众生，但一切皆有因缘，对于那些“不信”的人，佛陀也无能为力。

那么，“信”又是什么呢？

“信”者，人言也。

《说文》是这样说的——“信：诚也”；“言：直言曰言”。

由此，我们发现一个有趣的现象：在我们的古人看来，人言即“信”，即“诚”，也就是说：“信”是“言”的前提。所言即“直”，“直”就是不弯曲、不雕饰，直指本质，直达本心。直心即道场，因为这个“直”指向的就是“真”。

可从什么时候开始“人言之信”成了疑问呢？

“人言之信”的丧失一定是从“人言”偏离“直言”开始的。第一个人说谎的那一天便是“信”蒙难、蒙羞的那一天。

人为他的这第一句谎言所付出的代价是沉重的，就像亚当与夏娃被赶出伊甸园一样，人因为他的第一句谎言而走上万劫不复的路途。

因为谎言，“言”离开了它的本质——“信”；“信”从此开始成为需要去寻找，去求索，去“仰望”的东西。

所以，“信仰”是“人言之信”丧失之后的事情。

“信仰”的过程也应该是一个去蔽的过程，一个让“直”重新显现的过程。

如何“去蔽”？首先，我们必须找到人之所以说谎的根源。

我以为，人说谎，源于“恐惧”。

“恐惧”让我们感到自身的弱小、卑微、孤单；

“恐惧”让我们觉得别人得到的永远比我们多；

“恐惧”让我们看到身边到处都是敌人，十面埋伏，充满杀机。

“恐惧”让我们寻求“遮蔽”，首先，我们便是在语言中被“遮蔽”。

然而，被同时“遮蔽”掉的是“信”。

“信”被“遮蔽”之后，我们的“恐惧”其实并未得到减轻，甚至是越来越“恐惧”。

而佛陀的出现也正是在“人言之信”丧失之后的事情。

对众生而言，佛陀可能站在高高的悬崖之上，佛陀更可能是深藏在我们心中。

是的，在心中。最初的那颗“直心”才是一切的唯一起点与最终必然的依托。这个“直”中所蕴含的正是“人之初，性本善”的“善”与“真”。

而佛陀正是通过这个“善”、这个“真”与众生连在一起。

有一种力量叫“心力”,“心力”源自“信念”。“念”就是念诵、观想(观念)、惦念。信念之力，源自念念不忘，源自坚信，因坚信而坚持。有这样的信念做支撑，做加持,才可以“心无挂碍，无有恐怖”。

（7）时间之诗

“時”与“诗”是什么时候开始建立起联系的呢？

“時”通过“是”到达“诗”。

“時”就是太阳在大地上的运行。

《说文》言：“時，四时也。”

《释诂》言：“時是也。”

阳光照临大地，曰春曰夏曰秋曰冬，一岁一枯荣；

阳光照临大地，草木人鱼得生长得繁衍得显现得智得在，

生生死死，死死生生。

万物乃阳光在大地上所画出的画图，

万物在阳光下所得的智慧是生的智慧、死的智慧。

当黑夜来临，当喧哗与躁动远去，一切都必须安静下来，

必须回到自己的内心，正如《广雅》所说的：“時伺也。”

"伺"，就是伺奉，就是遵从，就是敬畏，就是等候，
因为生命与智慧都只存在于阳光下；
"是"，就是生存，就是看见，就是道路，就是真，就是在，
因为"是"，就是行走的人头顶有了阳光。

（8）命运之书

"乾，元亨利贞。
初九：潜龙勿用。
……
九五：飞龙在天，利见大人。
上九：亢龙有悔。
用九：见群龙无首，吉。"

一部《周易》出现最多的字就是"吉"，其次，与之对应的便是"凶"。
"吉"与"凶"这两个字出现在最古老的龟甲之上，
"吉"与"凶"这两个字更深藏在我们这个古老民族的内心。

"吉：善也。从士口。"
"凶：恶也，象地穿交陷其中也。"

"地穿交陷其中"，这显然是出自人对自然灾害的记忆，更确切地说，"凶"，源自人类对于一次地震灾害的记忆。我们在"凶"这个字中看见了瞬间的天崩地裂，看见了大地上的呼号，看见了一个个无辜的生命在流血流泪，顷刻便消失。

《说文》说："凶者，吉之反。"这可能是因为这两个字在《说文》中出现的先后顺序，"吉"在前，所以说到"凶"时，言"吉之反"。但从源头而言，我更愿意说："吉者，凶之反。"因为人在大地上生存，无灾无难便是吉，平平

安安便是吉。

而“吉”更多的只是停留在言语的层面，比如祝福，因为“吉”，从“士”，从“口”。“吉”是“士”者所说出的言语。

“士”者，何人也？

《说文》曰：“士，事也。数始于一终于十，从一十。孔子曰：推十合一为士。”

“数”的学问，在我们的先人看来可能是最大的学问、最神秘的学问。能够掌握这门学问的人，能够在数的变化中发现玄机的人，为“士”。

《周易》的学问便是“数”的学问。“易”就是变。什么变？数变。因为数变，一切都在发生着改变。其间蕴藏着“凶”与“吉”。

而世界是圆的。从一到十，而后又会回到一。所以，这个“易”是“周易”。

而真正能够在这个“数”中实现超越的人是少见的，对众生而言，他们更多的时候，只是“在数之中”，这个“数”便是“命”，便是“命数”。

从心理层面而言，这导致了我们这个民族，对于“数”的崇拜。

“凶”是自然的存在，因为，人在大地之上生存，大地并不因为人的愿望而改变它的运行，比如地震，比如我们不久前经历过的一场山崩地裂，八万个鲜活的生命，顷刻间在我们的视野中消逝。

“凶”的存在还因为我们自身，因为欲望，因为恐惧，因为欲望导致的贪婪，因为恐惧导致的软弱。

而“吉”是善的。大地运行，周而复始，即使遇到灾难，即使有再大的疼痛，当这一切过后，太阳照常升起。

“吉”是善的，还源于我们有一颗善良的心。

我们把祝福的话，把美好的愿望说与我们的亲人、我们的朋友，说与在我们身边走过或者正在远方行走、劳作的人，这便是“吉”。

(9) 归去来兮

小时候，父亲带我到归元寺数罗汉，在这个白墙黑瓦的寺院的门楣上，我第一次认识了这个“歸”字。

“歸”，看起来就是一个拿着扫帚的人。那么，“扫帚”与这个“歸”究竟有什么必然的联系呢？

大概拿扫帚的人多是女人，许慎在《说文》中说：“歸：女嫁也。”

说“歸”为女嫁，这显然是用了其引申的含义：女子嫁人是要扫地的，女子要扫地，那是因为她有了一个属于自己的家。

在此，“歸”，已指明它的方向性，其方向就是“家”。

所以，“歸”在它的使用过程中早已隐去它的性别色彩，无论男女，只要回家，即为“歸”。

然，在“歸”中，这个扫帚的含义却是一直未曾去掉的。

因为，这个“家”是我们最后的栖身之地，它必须是窗明几净的，它最好是轻易见不到尘埃的，所以，无论男女，只要回到家中，都应该拿起扫帚，给这个家带来一份舒适、温馨、干净。

然，这个“歸”字又是因了何种原因而被写到了寺院的门楣呢？

近读佛经，还真的见到一个拿扫帚的人。

此人不在自己的家中打扫，他整日在他修行的寺院打扫。

此人名叫周利盘陀伽。

佛陀在世的时候，周利盘陀伽跟着佛陀学佛。可周利盘陀伽愚笨至极，不仅《金刚经》不会念，连“阿弥陀佛”都不会念，佛最后让他念“扫帚”这两个字，可他念了“扫”忘了“帚”，念了“帚”忘了“扫”，念了好久他才终于把这两个字念会。可到后来，周利盘陀伽神通却是最大的，他甚至还救过佛的命。

而周利盘陀伽的神通却是念“扫帚”这两个字念出来的。

与“扫帚”有关的最为著名的公案，当然是发生在神秀与慧能之间的了。

神秀偈曰：“身是菩提树，心如明镜台。时时勤拂拭，勿使惹尘埃。”

慧能偈曰：“菩提本无树，明镜亦非台。本来无一物，何处惹尘埃。”

两道偈语针锋相对。一个说“有”，一个说“无”；一个强调“扫”，一个强调“无物可扫”。神秀说“扫”，因为“身在尘中”，难免污浊；慧能说“无物可扫”，因为“菩提自性，本来清净”。

那么，何为“自性”？

“自性”即“佛性”，即“真我之本性”。而这个“真我之本性”是“本自清静”的，它不受原始无明的污染、遮蔽，它是纯洁、透明的。而且，在慧能看来，这“自性”“本不生灭”“本自具足”“本无动摇”且“能生万法”。

然，这“自性”为何迷失？

“自性”的迷失在心迷，在“著于相”。心迷在于起念。人的意念无时不在活动，若心迷它物，便失其本性。

所以，整部《金刚经》所反复强调的是不可著于相，因为“无我相、无人相、无众生相、无寿者相”“无法相、亦无非法相”“无所从来、亦无所去”；因为“一切有为法，如梦幻泡影，如露亦如电”。

而神秀之“扫”，也是一种“著于相”的表现。他的心中有“树”、有“镜”、有“尘埃”。正是因为他的心中有尘埃，他便扫不尽尘埃。

而慧能证悟到“自性”的本质，证悟到“自性”的自我呈现：“自性”有如天空，它本就蔚蓝、澄明，乌云对它的遮盖，改变不了它的本性；“自性”有如清泉，它本自纯净、透明，即便沾染尘埃变得污浊，但只要它安静下来，它便会回到它清净的本来面目。

但，这并不代表容许自我的放逐。

慧能所强调的恰恰是人作为生命的弥足珍贵，因为在佛家看来，在所有生命中，只有人具有“自性”的本性，有了这一本性，才使“歸”路成为可能。

“歸”。歸去来兮。

“歸”。

一个拿着扫帚又放下了扫帚的人回到自己的家中。

摄影：川 上

“自在”是“自然”在人性上的一种反射。田华最近的一个画展取名为“随性”，其实最能替代的就是“自在”。有很多人注意到田华绘画的这一特点：随性而画，无拘无束。其为人也这样。

——沉 河

自在

——田华水墨印象

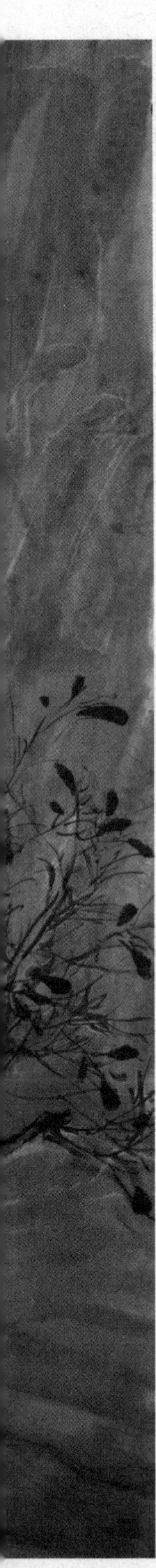

田华，字孟轩，号老轩。当代水墨画家、诗人。现为湖北省国画院专业画家，湖北国画研究院副院长，首都师范大学现代水墨研究所研究员，武汉美术家协会主席团委员。水墨作品《益》入选全国第十二届美展，水墨作品《申杨崖写生系列》入选2017法国秋季沙龙展，水墨作品《长春观》入选第八届北京国际美术双年展。并多次应邀参加世界及全国重大学术展览，赴美国、法国、阿联酋举办展览。出版有《田华国画集》《田华中国画作品集》《孟轩近作》《眼阔天低·田华水墨作品》《田华写生》等多部个人专著。

良宵

尺寸:200cm×220cm
材质:纸本水墨
年代:2018

林中道[1]：从自然到自在[2]

——读田华水墨画中的树[3]有感

□ 沉　河

在林中，树与树间的空
均构成了道。此空非空
它们只容纳，不局限，近乎
无。均构成了道。[4]
在林中，树树皆自然
每片叶子均向天空张开
每条根脉均扎向大地
每棵树居住着一个灵魂[5]
在林中，人作为会死者或短暂者
被遮蔽，是合理的。天地且不仁
以万物为刍狗。树自得自在
在风中舞蹈，在雨中言说[6]
故林中道，有无数的起点或终点
肆意交通，无穷无尽
横的是虚，竖的是实
成为一个典型的四维域[7]

释：1. 这里借用了西方现代重要的思想家海德格尔后期思想转向的代表性著作《林中路》的书名。之所以变“路”为“道”，其义自然是在强调中国汉语言的聪慧性。道不仅是路，更是思想者所追寻的终极指向。海德格尔在这部著作的扉页上题写了名“林中路”的诗：林乃树林的古名。林中有路。这些路多半突然断绝在杳无人迹处。这些路叫作林中路。每条路各自延展，但却在同一林中。常常看来仿佛彼此相类。然而只是看来仿佛如此而已。林业工和护林人识得这些路。他们懂得什么叫作林中路。海德格尔后期思想中有一个重要的观点，即语言是存在的家。他突然从对“存在—此在”的关注转向对语言的关注，通过对一些诗人的诗和画家的画及建筑作品进入到对语言进而到达真理层面上的探讨。在《艺术作品的本源》《诗人何为》《筑居思》等后期作品中，海德格尔实际上已经成为一个最有心

夜雪

尺寸:183cm×146cm
材质:纸本水墨
年代:2018

松林　尺寸:203cm×197cm　材质:纸本水墨　年代:2012

得的艺术评论家。此篇诗，意在模仿学习《林中路》，又想引入几个朋友进行不同的阐释，从而对田华作品中的“树”这一意象进行观察，说明，进而有益于接近田华绘画中的“玄机”。2. “自然”和“自在”是田华画作的两个关键词。我在此这样理解“自然”：中国本土化的一个形象词。老子言：道法自然。陶潜诗：复得返自然。中国长期的农业文明形态让“自然”这个词成为本真的状态体现，自然的境界成为最高的境界。田华的画作，特别是写生作品，所表现的正是“自然”之现实意境。这些作品中，他显然是摒除了文化、文明等因素，比如说中国传统绘画的素材；梅兰竹菊松荷等已带有众多文化意味的“自然”素材，在田华的画中基本不出现。比方说，我们马上要谈到的田华作品中的“树”，就不甚明了它的种类，当然不是松树，但又极可能是松树。这种写生回到绘画的朴素状态，我称之为“自然”状态。“自在”是“自然”在人性上的一种反射。田华最近的一个画展取名为“随性”，其实最能替代的就是“自在”。有很多人注意到田华绘画的这一特点：随性而画，无拘无束。其为人也这样。但我在这里想要谈的不仅于此。我要强调的是“自在”中的“在”字。而“在”恰恰是能够让中西两种不同文化产生很好勾连的一个概念。中国《诗经》中开篇一诗第一句就出现了这个“在”字。“关关雎鸠，在河之洲。”八个字中就出现两个在汉语中进而在中国文化中最重要的词：“在”和“之”。“之”的含义很复杂，是所谓“虚”词中的第一号人物。它更多地表达着一种从属性，而我很在意它“去、到”的含义。而“在”比较起“之”来就单调多了。它主要给万事万物定位，当然也给人定位。比如说：在下。这个谦称是我认为对自己的谦称中最得体和最不那么谦虚的。它强调的不是“下”，而是“在”。这个“在”马上被用来翻译西方文化中的关键词：存在。“在”，作为中国的一个“虚”词，却成了西方的一个本体词。表达的正是“本体”之意。现在我便不仅仅是在一个本土层面上谈田华画中的“自在”性了，我觉得借鉴一下西方思想家的核心理念来阐释田华的画，才可能更准确地认识到一个20世纪80年代后期的中文系学生的思想流变。这种流变肯定不仅仅存在于田华身上，它存在于“一代人”身上。比如说，自由、主体等中国传统中从没有的概念在一代人心中的进入。所以，对田华的“水墨画”进行一下海德格尔式的分析也就理所当然。“在”在海德格尔前期思想中主要以“存在”和“此在”来展现。“此在”专指“存在”范围内的“人”。之所以不用“人”这个概念，正在于要强调人的“此在”的偶然性和个别性。后期的海德格尔已经不那么以“此在”来指代“人”了，他用“短暂者”（也有人译成“会死者”，我觉得两者结合起来更好：会自

残冬

尺寸:136cm×69cm
材质:纸本水墨
年代:2013

己死的短暂的存在者。）来指代人。但海德格尔不懂得“自在”一词在中国文化中的重要意味。“自在”比“此在”指代人更为恰当。它恰恰强调了“会死者”中的“会”的意味。“自”的“主动性”“自我支配性”是人类一直不曾中断追求的终极理想。所以田华画得“自在”和画的“自在”实际上也是我向往的一种生活状态，也是他自身追求达到的一种理想状态。3. 我注意到田华写生中的树。现在我们看看田华作品中的“树”。这些树无处不在，构成了画面中普遍又必要的“物”象。它们不原始，不高大。没有特征，也看不出种类。密密麻麻，或稀稀落落。杂乱无章，而随意生长。均所谓庄子的无用之木，无才之材。如非得给它们定一个性，即自然性。在中国绘画传统中，我们所观察到的现象是自然被不断地文化。中国人很少悲剧意识，多喜乐。特爱在万物中附会自己的爱好愿望。画家们更是如此。所画之动物植物均有象征。荷花必君子，菊花必隐逸；蝙蝠是福，梅花鹿是禄。那田华的这些“树”是什么呢？只能是还未曾被文化的野外之物。我们来换一种表述方式，借助下海德格尔，即它们在大地上，天空下，是树，亦不尽是树，同一切的物一样，聚集了天地人神这四者。海德格尔在《物》这篇文章中，通过对一只陶壶的分析，来探求一个现代性的问题，即，我们的时空距离不断地在缩短而我们之间为什么没有带来任何“亲近”？然后，海德格尔把希望寄予在这只以陶壶为代表的“物”上，几乎极其抒情地指出：“物化，物居留于统一的四者，大地和天空、神圣者和短暂者，在它们自我统一的四元的纯然一元中。大地是建筑的承受者，养育其作物，照顾流水和岩石、植物和动物。当我们说大地，我们已经想到了另外三者，由四者的纯然一元而伴随着它。”（引自《诗语言思》P157，文化艺术出版社，彭富春译）后面那段排山倒海的抒情就不复述了。海氏在这里并没有特别指出这只陶壶的艺术性，而是从它的功用性发出了一番感慨，而我觉得恰恰是这物中的艺术性才真正消灭了距离，让一切变得亲近。比如田华的树。它经过田华的画笔，呈现在我们面前，它比我们站在活生生的它面前更觉亲近。我们端详的是画家的笔触和构色，也是画家的用心与用情。这些树为什么是这样而不是那样，为什么在这里而不是那里，为什么多，为什么少，这种种问题都让我们与之亲近起来。因为此物的“艺术性”。也因此，田华的树才从一“自然物”成为一“自在体”。这种变化本身就如一条河流，它们不可断开。4. 海德格尔说：“林中有路。/这些路多半突然断绝在杳无人迹处。”他只指出了现象，而没有说明这些路如何而来，又是什么。而田华的画让我明白：“在林中，树与树间的空/均构成了道。”空地是林中之道路。而“空”即“道”，你懂得。特别是所有的佛家弟子更懂。“它们只容纳，不局限，近乎/无。”在我给程春利写的一篇文章《虚，又如何》里，我开悟到“空”和“无”的区分：“空有界限，无则无。”这也是佛家与道家的区别所在。在这里，它们没有区别，田华的树与树之间隐藏着的空与无“均构成了道”。这道就是下一段所称的“自然”之道。5. 如注释3所述，田华的这些无名之树如果真要给它们取一个名的话，只能强名之曰：“自然树”。它们不是松树，不是柳树，也不是法国梧桐树，而是“自然树”，它们有着共同的特性：“每片叶子均向天空张开/每条根脉均扎向大地/每棵树居住着一个灵魂”。树有灵，是我们的先人早已发现的秘密。几乎每棵上大百年的树会成为仙，上千年的树会成为神，它护佑着比它“短暂”许多且“会死”的人。田华的自然性却表现在他的顽皮性上：他画的树都看不出年龄，至少不是上百年上千年的树。它们都是一些小神仙。特别“亲近”。回到亲近这个词，可以顺便提一下，田华的画不仅适合于名士风流，更适合于在寻常人家登堂入室。这种亲近有着不一般的亲和力，所谓日常性的亲近。万物有灵亦如此。6. 因为有了这些“自然树”小神仙，人这个短暂的会死者才“被遮蔽，是合理的”。“遮蔽”和“敞开”是海德格尔后期思想中最重要的两个概念：在《诗人何为》中，海氏认为现时代是一个诸神缺席的贫乏时代。黑夜降临了。世界之夜，存在之光从未到来。在这样的时代，人必然也是被世界之暗所遮蔽的。田华的画不经意中契合这种“合理”。田华不爱画人物。他用树代替人。几乎有人在的地方都变成了树。人去哪了呢？被遮蔽了？唐王维《山水论》中说：“凡画山水，意在笔先。丈山尺树，寸马分人。远人无目，远树无枝。远山无石，隐隐如眉；远水无波，高与云齐。此是诀也。”此诀一出，中国画便越来越程式化了。田华是一个最不爱程式的人。他的写生多是山水画，却有山无水，有树无人。点景之人没有了，于是有了田华的树。只有树才不在乎天地“仁否”。道德法则还原为自然法则，人的主体退隐为自然主体。树便“自得自在/在风中舞蹈，在雨中言说”！海氏说：“存在的敞开即真理。”即道。这敞开的树，澄明的树，日常亲近的树，已近道矣。7. 我喜欢“七”这个数字。神创世用了六天，第七天休息。维特根斯坦在他的名著《逻辑哲学论》最后一节即第七节说：凡可说者均可说明白，凡不可说者应保持沉默。“道可，道非，常道。”这是我对《老子》的读法。因此，林中道，才“有无数的起点或终点/肆意交通，无穷无尽”。对田华而言，何为虚，何为实，已无意义。在这个三维空间，再加上时间这谁也主动不了的一维，“四维域”，是我们所有人的宿命。

所有的解释也许都是多余的。读诗吧。诗也是多余的，读田华的画吧。时间停止在“七”这个数字前。

2015年7月3日于滋兰馆

法国写生

尺寸:69cm×43cm

材质:纸本水墨

年代:2017

夜　　尺寸:69cm×69cm
材质:纸本水墨
年代:2018

漫谈“眼阔天低”

□ 孙 强

有个法国艺术家评价田华的时候曾说：看田华做事，就知道他如何画画；看田华画画，就知道他对艺术的执着态度。田华给人印象最深的应该是他做事时的干练劲，从不拖泥带水，干净利落地把事情完成。在一旁看他画画是一种享受，凝神片刻便能放开笔墨，一气呵成，瞬间就能把自己想要表达的东西呈现于笔墨之间…… 其实他也有静的时候，偶见他仄蜗一处，拿着一本书、一支笔，看一会，写一会；或是见他抽着烟对着画墙发呆。这一静一动，就是田华的性格。

我最欣赏的还是田华那不受拘束的性格，画如其人，所以他的画不受束缚，想起什么就画什么，别人喜欢与否他不会在意。所以他的画无论是思想内容还是艺术手法都很丰富，把他归类或评价为某一种画类都会有以偏概全的偏见。

我们喜欢把玩弄笔墨的人叫作画画的，然后高一点层面的叫作画家，然后再称作艺术家。如果简单说画画的全国太多了，退休后到老年大学练练也是，有些领导离休后临摹了几天山山水水、花花草草，不管能否见人，找一家出版社出一本画册，办个展览也算是。这类如果仅仅是自娱自乐也罢，就怕不甘寂寞地大谈自己的艺术成就，那就成了现行体制下艺术的悲哀、收藏界的不幸了。

记得中国古代有一种职业叫作画师，我没有查过典籍，不知道宫廷画师是否归帝王家的宫廷造办处管理，但是我似乎能理解中文的隐讳。其实称其为画师，只是不想把他们简单地称作匠人而已。中国自古就有圈养的习惯，皇帝们为了满足自己的喜好圈养了一批画师，所以宫廷的画师是不需要有思想的，他们的职业就是琢磨皇帝的喜好，然后把这喜好画出来就行了。那些画师和他们的画也因为能够登堂入室而成为正统，其他的都被视为不入流，即不入正统之流。可事实证明清代宫廷的四王在八大、石涛、齐白石的面前是多么失色。

我们现在的社会还在流行画师的基因，有些甚至把这种基因发挥到极致了。虽说在法国生活了十数年，我一直比较关注当代中国的水墨艺术，但是不知为什么，所谓的艺术主流都是那些“甜得腻人”的小笔触制作，或是极为艳丽的工笔画。花去好几年时间画一张照片，居然可以得金银奖，说句笑话，这奖项应该在“五一”颁发。这样的结果，让我

质疑那些评委是不是真的懂什么是艺术，或者是艺术性。艺术家和匠人的区别在于，艺术家要有思想，要具有表现自己的思想和想法的能力，并且勇于表现自己的思想和想法。匠人只在于把约定俗成的东西，或者定制好的东西做得好，做得精细就是了。我以为真正的艺术家不仅是一个思想家，也应该是一个修养全面的学者，对真理的追求，对生命的关爱，对人性的讴歌都体现出一个艺术家的固有品质。

正因为和田华是朋友，走得近，有了些感受就很想写写他，他身上的故事也足以写一部精彩长篇。去他工作室一般都会遇上他画画，大凡这种时候我们基本上都是自己泡茶自己喝，他却依然做自己的事，等他做完休息才有空理会你。田华除了画画、抽烟、喝茶、喝酒，对其他什么都似乎不是很上心。可能是早年学中文，在少年时期又有幸接触到许多的老书画家和老文人，这必然导致他和许多画家不一样，思考的层面高了一些，他是我接触的画家中一个极具文采的画家，他的文章、诗歌、书法、篆刻都有很强的个性，可以这么说，田华对中国传统文化有着很好的继承。

两年前，田华为了赴迪拜展览出版了中英文版《眼阔天低·田华的水墨世界》一书，我问他为什么叫“眼阔天低”？他却问我爬过山没有，视野开阔了天就低下来了。的确，我们所生活的现实社会中虚妄的东西太多，想回到原点又是那么艰难。作为一个艺术家，要找到真正属于自己的艺术方式，看来不仅不要为流言所惑，还必须具备一个强大的心脏。

眼阔天低，其实也就是告诉我们高的东西未必是高，只是我们站的位置不对罢了。

2013年7月15日于武汉

注：孙强，法中友好交流与发展协会会长

穆如春风

尺寸:183cm×147cm
材质:纸本水墨
年代:2017

冬心笔意　　尺寸:68cm×45cm　　材质:纸本水墨　　年代:2012

说田华

□ 刘进安

田华系湖北人，性格豪爽，思维睿智，不拘小节，这是几年来我对他的一种感觉、一种印象。

田华喜烟酒，坐在一起他总是不断从烟盒里抽出一把香烟，分发给在座的同好；或是举起一杯满满的酒与你相撞，那情形似乎在告诉你，放下一切顾忌，今天必须喝到酒空兴尽。

田华总能把生活中的点滴时光运用得很透，作画也是如此，他对笔墨从不刻意在乎，在意，对纸张也不挑剔，随性而发，不计较时间，亦不选择地点，坐下就画，拿来便画；尤其在山里写生，这种感觉表现得更为强烈，在他身上似乎从不需要去调整心态和手感，爽朗一笑，眼前的奇峰异壑、延绵层次，便跃于他的尺幅之间，他是用一种速记的方式来说明自己的感觉。

陕北窑洞，那走上几步就能与枣树、梨树、苹果树相触的秋季风光，田华兴致极高，给出了一天十数幅的画面。

田华从南国秀美的笔调中带出了一些凝重，在他这几十幅写生稿里，能够看出画家对于笔墨、对于作品表现的独到理解和视角方式，他不在意笔墨是出于对笔墨性格的尊重，避免笔墨方式取替对物象的认同，而失去笔墨的功效和价值；他不在写生中取舍构图，用一种亲历山水程式面对自然风景，规避程式使笔墨方式走向更大空间；包括对窑洞与树木的处理，田华总能在一种意志间使原本具有章法的山水风景化。由于改变和追求，他的水墨风景与笔墨气息在这些写生稿中得以鲜活和完美，同时幻化为一种感觉、一种有益的感觉。这正是田华的过人之处。

当代山水画，工整面貌居多，似宋代院体画，而缺乏写生能力；文人画又短有气息，画工图式，一堆案头之作编造得没有了骨气，对笔墨技法的热衷已经超出了笔墨原本固有的价值。

当今画坛，对笔墨的认同已经大于画家本身，也大于人文，也就是说不太在意画家的心性，也不在意社会与环境，它所表现的仅仅是简单重复地绘画而已，与画家的精神层面无关，所主张的精神，亦是传统绘画中已经存有的精神性。

田华尊重自然，也尊重自己；其可贵之处在于他清醒地表现，轻松地将性灵凌驾于笔墨之上，已经把笔墨技法提升到足以束缚捆绑我们自己和束缚笔墨自身的一种境界。

2008年7月16日于北京

鱼市　　尺寸:69cm×42cm　　材质:纸本水墨　　年代:2012

心源泉涌活水长流

——田华其人其画

□ 鲁慕迅

在我接触的众多画家中，就其主体的素质而言约略可分为两大类，一类是格法型画家，比较重法度，重传统，在作品中追求古典的完美；一类是性情型画家，比较重感悟，重情趣，任情恣性，率意为之。田华当属后者，皆因他学出文科，格法对他也没有多少约束力；但他却多思善悟，能于常中求变新，能于法外见性灵，不为形役，超以外象，如禅宗之彻悟，直探艺术的本源。

我从他的个展、联展，乃至画室壁间未完成之作中，看到过他不同时期的一些作品，也在多年的交往中，对他的为人行事有所了解，这里谈谈我对他的人和画的一些基本看法。

田华心胸开阔，豁达大度，思维敏捷，颖悟好学；他为人处世热情坦诚，乐于助人，因之人缘好，朋友多，然而却又是非分明，有自己独立的见解、做人的原则。他做人作画，都是从大处着眼，不斤斤于枝节。他是家中的孝子，侍奉父母，尽心尽力，做家务也是一把好手，不时还亲操厨事。而他对人际关系的是是非非、个人名利得失，大都不甚计较，一门心思都放在绘画上。

田华的画风自由洒脱，浑朴平易，他既不追求新奇巧怪，也不浮躁张扬。他善于从平凡的对象中发现美。这是一种自然美，一种内在的美，一种富含生命意蕴的本质的美。由此可以看出他审美感觉的敏锐、艺术思维的活跃，也可以看出他对艺术本质的深刻理解。所以我说他是用头脑画画的。他的笔墨自由流畅，随意而出，没有对一笔一墨的刻意安排；他的造型出于意象，既不模拟自然，也不故作夸张；他的图式大都平平无奇，却极富张力，充满活力。这些都反映了他艺术审美的独特追求。

“下生活”对于画家来说，往往容易停留在对于形象素材的搜集上，这当然也是重要的，但更为重要的是生活（包括大自然）对于作者的思想启迪和感情陶冶。而生活又是丰富多样的，有正面，有反面，有宏观，有微观。这是从田华的两幅画中所看到的。一幅是一棵独立的树和树干所投射的影子，只因有了那一笔斜斜的影子，就把无边无涯的大自然带进了画面，使人联想到这是屹立在特定时空的一棵树，是被空气日光拥抱的一棵树，也让我想起一句古老的谚语：“树正不怕影子斜。”另一幅画是被铁丝网围护的一片松林，还挂着一块写有“私人领地，不许砍伐”的牌子。本来是一片郁郁葱葱的树林，只因有了这块牌子，就一下子改变了它的审美取向，融进了社会的因素，使人产生诸多的异样联想。田华

从北方写生回来所画的那些山乡的画幅，又是另一种表现，那是从宏观的感觉上去把握对象，画出了北方山乡的那种朴实憨厚的特色和氛围。

田华对中国画传统的继承，是从两端切入的。一端是中国画的艺术精神，这就是写意；另一端则是中国画的笔墨意识，也就是传情。中国画的写意，是把作为视觉艺术的绘画，从目之所视推进到心之所想的一个飞跃，充分发挥了主体的创造精神；中国画的笔墨则不仅仅是造形的手段，更是感情的载体。田华一方面注重画的内涵，注重意境的创造，同时也相应地创造了自己的富于情趣的笔墨形态。至于造形、章法则力求突破传统的格法定式，和传统拉开了明显的距离。

田华以往画花鸟画，颇为得心应手。最近多画山水，也能深入进去，画出自己的想法。偶见山水中的人物，则还比较生疏，成为画中的薄弱环节。自然，某些纯以自然美为主题的山水，原不必需要人物的点缀，但若是可游可居的山水画，人物就不可缺少了。所以还得在人物（包括动物）方面下一些功夫，这不是说要从头由素描、解剖学起，但要能与山水融洽无间，写意、神似即可。我想指出这一点，当不是求全责备吧。

如果说在作品中形成自己独特的风格面貌，是一个画家成熟的标志，那么这一点田华已经做到了，已经有了自己的“家”。然而，艺术也像科学一样，它本身就是一个不断实验、不断探索的过程，这个过程又是永远没有止境的。田华正当盛年，颖悟多思，勤于实践，有很高的审美眼界和很强的创造意识，相信他会在不断的追求中，达到一个又一个的高度。

2011年9月29日 于深圳

长春观

尺寸:200cm×200cm
材质:纸本水墨
年代:2016

绥德印象　　尺寸:68cm×45cm　　材质:纸本水墨　　年代:2018

性灵的意象

——田华的水墨写生

□ 徐恩存

从根本上说，田华的中国画不是作为一种职业存在的；而是一种素质、才情的体现。

他的创作和他的写生，他的花鸟画和他的山水画，是异曲同工、性情四溢的，心灵流露、从容自然、不急不躁，如霜后的枫、雨后的虹、餐后的酒，悠闲自如，从容不迫，令人艳羡。

在别人那里，艺术本身是一件洒脱的事，却变得不洒脱了；田华却能始终洒脱地驾驭着笔墨，忽而花鸟，忽而陕北黄土地，忽而陶罐、火锅、瓷瓶……这其中处处洋溢着他不尽的才情，纸上的墨迹斑斑，却是性灵的意象；尤其是这一组陕北写生，在漫不经心中验证了何为魅力，正因为魅力，才验证着何为艺术的洒脱。

田华的这一批陕北写生作品，是极其生动的，有“熟后生”的韵致和意味，笔墨在自由中多了些滞重，在写生中多了些无序，这些都是他成竹在胸的表现，非一般人能为的。比如，层层叠叠的黄土高坡，错落穿插的杂树，况味十足的窑洞院落，以及袅袅炊烟，缓慢延伸的地平线，等等。既合于规范，又不乏随性，在不经意的笔墨中自辟蹊径，要远就远，要近就近，要长就长，要短就短，时而亲情，时而俗世，不在意法则、路数，只是一任性情，任意挥洒；正是如此，田华把握了艺术的本质所在——自由本性，抵达了一种“不如让万物解甲归田，一路有言笑”的境界。

田华的陕北写生与其景物写意，正得其趣。

细读这些作品，意趣盎然，虽笔简意赅，却都勾连着他的性灵、情感所在。而我们则在点、线、墨、色与山川、树木、屋舍之间，触摸到一种生命的原色；因为，越是朴素无华，越是天真自然，越能抵达深处，越能通向彼岸。

在思维开放，笔力强健中，体现的正是画如其人，才情不乏理性，单纯而不天真；因此，才能笔笔真情充溢，气韵生动，是难得的本色流露。所以，田华的写生，少有修饰，多凭直觉感受，以情含理，咫尺小品，朴素实在，通篇洋溢着纯净、质朴，苍茫与厚重之感，由此产生的温热气息，令人难以忘怀。

其实，根本的东西总是与生命相关，诚如性灵、情感是无法仿制的，艺术也是这样，她和情操、修养有关，故弄玄虚和机智外露者，其文其艺，必然显出作伪和虚张，眼下这样的艺术不在少数。田华身为荆楚后人，沉着温厚、才华横溢、真诚坦荡，笔墨自由却朴实有度，而且还时时透露出人生的沧桑感。

一次游走可以改变一个画家的风格、手法，而一个陌生的地域也可以改变一个画家的审美取向。对田华来说，始终不变的是他诗意的人文关照和意象表现的性灵特点，依据现代艺术的理想，散漫而率性的写意表现，不啻是一次心灵的解放和艺术的解放。

2008年6月15日于北京

图书在版编目（CIP）数据

希菲洛·其她. 2020年卷 / 王阳主编. -- 武汉：长江文艺出版社，2021.2
ISBN 978-7-5702-1312-2

Ⅰ.①希… Ⅱ.①王… Ⅲ.①中国文学－当代文学－作品综合集 Ⅳ.①I217.1

中国版本图书馆CIP数据核字(2019)第264017号

责任编辑：王成晨　　责任校对：毛　娟
装帧设计：川　上　　责任印制：邱　莉　王光兴

出版：长江出版传媒 | 长江文艺出版社
地址：武汉市雄楚大街268号　邮编：430070
发行：长江文艺出版社
http://www.cjlap.com
印刷：武汉市精伦达印刷有限公司

开本：680毫米×980毫米　1/16　印张：10.5　插页：2页
版次：2021年2月第1版　2021年2月第1次印刷
字数：148千字

定价：59.00元